A Baby for Emily

by Ginna Gray

Published by Harlequin K.K., Tokyo, 2003

眠れぬ夜を重ねて

ジーナ・グレイ 作

茅　みちる 訳

シルエット・スペシャル・エディション

東京・ロンドン・トロント・パリ・ニューヨーク・アテネ・アムステルダム
ハンブルク・ストックホルム・ミラノ・シドニー・マドリッド
ワルシャワ・ブダペスト・プラハ

主要登場人物

エミリー・マグワイア……未亡人。
キース……エミリーの夫。医師。故人。
ディロン……キースの兄。建設会社経営。
アデル……キースの母。
シャーロット・ボイド……キースの姉。
ガート・シュナイダー……ディロンの会社の社員。
ギャレット・コン……医師。

1

彼女はかろうじて持ちこたえている。

ディロン・マグワイアは弔問客から離れてアルコーブの出窓の前に立ち、険しい目で義妹を見つめていた。

義妹のエミリー・マグワイアはリビングルームの暖炉のそばのソファに座り、膝に手を置いて宙に視線を据えている。ヒューストン北西部のこの瀟洒《しようしや》な邸宅に集うおおぜいの客の存在も、ほとんど意識にないようすだ。誰かが近づくと暗い瞳を上げて二言三言、言葉を交わし、弱々しい笑みを浮かべようとするが、相手がいなくなるとすぐにまた自分一人の苦悩の世界に戻っていく。

彼女にこんなことを強いるなんて残酷すぎる。ディロンは憤りを募らせていた。なんのためにここにいなければならないんだ？　敬意を払われるべき男は、その資格がないことを死によってみずから証明したというのに。

ディロンが人々に視線を移すと、近くにいた数人が彼の厳しい目に気づき、ぎょっとして体を引いた。なんて連中だ。ビュッフェの料理やワインを飲み食いし、あちこちにかたまっておしゃべりに夢中になっている。ときには笑い声まで響かせ、そして残された妻を盗み見ては、ひそひそとささやき合っているではないか。

何人かは友人や近隣の住人で、もちろん親族もいるが、大半はキースが共同経営していたセント・ジョン総合病院のスタッフだ。もしかしたら、死や遺族の苦悩を日常的に見ているせいで神経が麻痺《まひ》してしまい、エミリーのつらさがわからなくなっているのだろうか？　彼女が屈辱感に耐えていることがわからないのか？

もちろん彼らにとっても、医師キース・ウェズレー・マグワイアの急死は大きなショックであり、大きな損失であるはずだ。しかし、これだけ多数の人間が葬儀に参列したのは、弔意を表すためというより、むしろ、未亡人が気丈にふるまう姿を一目見たいという下卑た好奇心を満足させるために違いない。このスキャンダラスな死を楽しみたいだけなのだ。セント・ジョン病院の連中はゴシップ好きだとキース自身が笑って語っていたが、病院の看板とも言うべき腫瘍《しゆよう》の専門医が妻以外の女性といっしょにベッドで死亡するなどという事件は、そうそうあることではない。

キースと愛人は火事によって命を落とした。消防士が火を消し止めて中に入ると、裸で抱き合って眠ったまま酸欠死していたという。そして、その部屋の住宅ローンがキースの名前で組まれていることが、あとになってわかったのだ。

エミリーに視線を戻したディロンは口元をこわばらせた。表面は耐えているように見えても、顔色は真っ青だ。緊張のあまり、いまにも粉々に砕け散りそうに見える。まるで繊細なガラスのようだ。

無理もないだろう。人生最大のうれしいニュースを聞いた直後に夫を失ったのだから。彼女はわずか数時間で天国から地獄へ突き落とされたのだ。

彼女がいま何を感じているのか、ディロンには想像することもできない。彼自身、ナイフで突かれたような胸の痛みを抱えてはいるが、弟を失った悲しみと弟への怒りのどちらを強く感じるかとなると、正直なところ、彼にもわからない。

ディロンの顎がこわばり、頬の筋肉がふるえた。キース、おまえはなんということをしたんだ！　なぜエミリーにこんなひどい仕打ちができたんだ？

手に持ったソーサーの上でカップがかたかたと鳴り、ディロンは自分が怒りにふるえていることに気がついた。見ると、カップの中のコーヒーが揺れていた。落とさなかったのが不思議なくらいだ。

「キースのお兄さんですよね?」ディロンがカップをグランドピアノの上に置いたとき、誰かが声をかけてきた。顔を上げると、三十代後半くらいの細身の男だった。なんとなく見覚えのある顔だ。そしてすぐに、キースの同僚の医師の一人だと思い当たった。

男は握手の手を差し出した。「セント・ジョン病院のギャレット・コンです。一度お目にかかっていますが、何年も前のことだからお忘れかもしれません。このたびは突然のことで、心からお悔やみを申し上げます」

ディロンは握手を返して礼の言葉だけつぶやき、あとは黙っていた。いかにも同情をこめた声を出し、優しそうな目を見せる相手だが、慎重に接しなくてはならない。彼が僕から何かきき出そうという魂胆なら、無駄骨というものだ。

「弟さんは優秀なドクターでした。彼を失って、病院にとっては大きな痛手です。惜しい人を亡くしました。はかりしれない損失です」ドクター・コンはそう言って反応を待ったが、ディロンが視線を据えたまま答えないので続けた。「キースのお兄さんということなら、今後のエミリーのことは、あなたが面倒を見てくださるんですよね?」

ディロンは鋭くにらみつけた。「どういうことかな?」

ドクター・コンは苦笑した。「なるほど、キースから聞いていたとおり、気の短いかただ。そんなに身構えないでください。わたしは興味本位で尋ねたのではないんです。弟さんの事件に好奇心を持っているわけではありません。連中とは違います」彼は離れたところにいる人々を示した。「あなたに声をかけさせていただいたのは、エミリーがわたしの患者だからです。彼女のことが心配だからですよ」

だが、ディロンの表情は少しもやわらがなかった。

「エミリーの担当医はフランク・ヤングだ」家族は皆、ドクター・ヤングに診てもらっている。

「ドクター・ヤングは一般医で、わたしは専門医なんです。産婦人科の」

ディロンは緊張し、エミリーのようすをうかがってからドクター・コンのほうへ向き直った。「まさか、赤ん坊に問題でも?」

ドクター・コンは目をみはった。「あなたはご存じだったんですね」

「キースから聞きました」

「そうだったんですか。いや、ほっとしましたよ。キースとエミリーがまだ誰にも話していないんじゃないかと思っていたので。これで、わたしは守秘義務を意識しないですみます」

「それで、おなかの子供は?」

「まだその診断がつく段階ではありません。先週、体外受精に成功して、着床を確認したのが三日前ですからね。キースが亡くなる、ほんの数時間前でした。彼の死のショックが――特にああいう亡くなり方ですから、エミリーには大きな負担となっています。体にいいわけがないでしょう」

「流産の危険があると?」

「このような心の痛手を受けた場合、その可能性もあります。さっき、エミリーはだいじょうぶだと言っていましたが、わたしは心配しているんですよ。バイオリンの弦のように神経を張りつめているし、顔色も真っ青だ。彼女、何か不調を訴えていませんでしたか?」

「いや。少なくともわたしには」エミリーがそんなプライベートなことで僕に助けを求めるはずがない。

ただでさえ、僕を避けているのに。「たぶん、エミリーは妊娠したことを誰にも話していないだろう。それから、キースがわたしに話したことも知らないんじゃないだろうか」

あの夜、キースは車から電話をよこして妊娠のことを僕に告げた。考えてみれば、あれからまだ七十二時間しかたっていない。キースは仕事で病院へ行く途中だと言っていたが、ほんとうは愛人に会いに行くところだったのだ。

ありそうなことだ、とディロンは思った。不誠実な僕の弟は、妻と喜びを分かち合うより、新しい浮気相手とベッドをともにすることを選んだのだ。

「ふうむ」ドクター・コンはその場からエミリーのようすを観察した。「誰かがそばについていてあげられるといいんですが。最初のショックを乗り越えるまでの数日だけでも」

「心配は無用だ。わたしがなんとかする」

「それはよかった。急な痛みや異常があったら、たとえ真夜中でもすぐわたしに知らせるようにと、エミリーにお伝えください」ドクター・コンはそう言って、ディロンに同情の笑みを向けた。「それから、これだけは言っておきたかったのですが、キースには欠点もありましたが、わたしはそれでも彼が好きでした。よきドクターであり、よき友人でした。ご家族のお気持ちをお察しします。わたしにできることがあったらなんなりとおっしゃってください」

「もし本気で言っているのなら、頼みがある。みんなを帰らせてくれないだろうか？」ディロンは部屋にいる人たちを顎で示した。「エミリーにはつらすぎる二日間だった。休息が必要だろう」彼女には一人になって、受けた傷を癒《いや》す機会が必要だ。

ドクター・コンはくすりと笑った。「わかりました。やってみましょう」

ドクター・コンが離れていくと、ディロンは再びエミリーを見つめた。新たな心配がわき上がってきた。彼女はなぜ誰にも子供のことを話さないのだろう？　キースが亡くなった夜以降、彼女が何か言い出すのを待っていたが、いまだにそのことについては何も言わない。

ディロンは、エミリーの優美で優しい横顔と、うつろな表情をじっと見つめた。きみはどんなことを感じているんだ？　怒りか？　失望？　屈辱感？　それとも悲しみか？

たぶん、そのすべてだろう。だが、誰が彼女を責められるだろう。誰が――いや、母のアデルだけは責めるかもしれない。母は、何があってもキースの欠点には目をつぶり、いつも相手のほうを責めた人だから。

しかし、エミリーの胎内に宿った新しい命はどうなるのだ？　彼女は赤ん坊のことをどう思っているのだろうか？　いくら長い間望んだ末にやっと授かった子供でも、キースが亡くなり、しかもその夫が見下げ果てた不実の輩《やから》だったという事実を最も残酷な形で突きつけられたのだ。彼女は、妊娠したことを悔やんでいるのではないだろうか。産みたくないと思っているかもしれない。

あるいは、産んだとしても、将来、子供を疎むようになるということはないだろうか。

例えば、母が僕を疎むように。

ディロンはゆっくりと母親に視線を移した。母は姉のシャーロットとその夫のロジャー・ボイドといっしょに、エミリーの向かい側のソファに座っていた。娘の肩に寄りかかり、エミリーを無視して涙にくれている。

ディロンの唇に皮肉っぽい笑みが浮かんだ。母にとっては、嫁の悲しみなど取るに足りないことなのだ。自分ほどキースの死を悲しむ者がほかにいるはずがない、と信じているのだから。

だが、孫が生まれると知ったら——それがキースの子供なら、母の悲しみもやわらぐかもしれない。七年過ぎて初めて、嫁を受け入れる気持ちになるかもしれないではないか。それを知りながら、エミリーはなぜ話さないのだろう？

ふと気づくと、ドクター・コンとほかの病院の連中が、エミリーや家族に最後のお悔やみを言っていた。残りの人々もコートを手に取りはじめている。

ディロンはほっとして見送りに出たが、玄関ホールに立って延々と握手をし、悔やみの言葉とおざなりの助力の申し出を受ける間に、忍耐力は限界に達した。

「やれやれ、おしゃべりどもがやっと帰ってくれた」最後の客を送り出してドアを閉めたディロンは、そうつぶやきながらリビングルームに戻った。

シャーロットの子供のレスリーとロイは奥の部屋へテレビを観《み》に行き、ハウスキーパーのイーラ・メイはダイニングルームで後片づけを始めていた。

ティッシュペーパーを目に押し当てていたアデルが、いらいらしながらディロンを見た。「もう少し品のいい物言いはできないの？」

ディロンは肩をすくめた。「事実を無視しても状況は変わらないよ。一箇所でこんなにどっさり陰口を聞いたのは初めてだ。まあ、ああいう死に方をした以上、覚悟しておかなきゃならない事態だったけどね」

エミリーが苦しげな声をもらして顔を背けたので、ディロンははっとした。

「すまない、エミリー」

僕は、なんというやつなんだ！　やはり、母の言うとおり、思慮の足りない粗野な男なんだろう。

アデルは再びティッシュペーパーを目に当てた。

「わからないわ。どうしてみんな、あんなにひどいことを言うの？　キースの目がほかの女性に向いたとしたら、それは家庭で満足な愛情と精神的な支えを得られなかったからなのに」

「母さん！」ディロンがどなった。

シャーロットは目を閉じてうめき声をあげた。

「ごめんなさい。でも、事実だわ」アデルは顎を上げて言い張った。

「よくそんなことが言えるな！」ディロンは母につめ寄り、顔から数センチのところに人差し指を突きつけた。「このことでエミリーをとがめだてするなんて、絶対に許さない！」

「やめて、ディロン。お願いだから」エミリーが小さな声で言った。「いいのよ……ほんとうに」

「いいわけがないだろう」ディロンは母親の顔をにらみつけたまま続けた。「母さんはいつもこうだ。キースがどんなに悪いことをしようと、どんなに間違いを起こしてどんなに人を傷つけようと、いつも言い訳を見つけてやるんだからな。いつだって、悪いのは相手でキースではないって。今度もそうできると思ったら大間違いだよ」

「あなたはなんということを言うの！」

「いくらでも言うさ。あなたのかわいいキースが妻を裏切るようなことになったのは、あなたに思い切り甘やかされて育ったせいだ。世界は自分を中心にまわっていると思いこんで、ほしいものはなんでも手に入れる人間になってしまったからだよ。それで誰が傷つこうといっこうにかまわない。職場でいくら尊敬される医者でも、私生活ではわがままで自分本位の不誠実な能なしだったんだ」

「なんて人なの！　キースのことをそんなふうに言うなんて！　あなたはあの子の兄弟なのよ！」

「そうだよ。おまけに愛してもいた。だが、欠点に目をつぶることはしなかった」

ディロンは上着を脱いで椅子にほうり投げ、ネクタイもはずしてその上に投げた。続いてシャツのボタンを三つはずし、レモンの果汁を飲んだような顔で自分を見ている母を無視して、長い息をついた。「やれやれ、ほっとした。この八時間、首を締められているみたいな気分だったよ」

「普段からまともな格好をしていれば習慣もつくのに」アデルが軽蔑《けいべつ》するように言った。

「スーツやネクタイが嫌いなんだよ」

そう、僕はきちんとした服装が嫌いなのだ。しゃれたオフィスに閉じこめられているのと同じくらいに。ここ数年、会社が大きくなるのに比例して、銀行の人間や法務関係者、クライアントに会う機会が増え、スーツ姿でオフィスにいなければならない時間が増えてきた。それでもありがたいことに、そのほかのときはヘルメットと作業服で建築現場で過ごしている。

アデルはまた目を押さえた。「何を言っても無駄だわね。あなたは、ただの労働者以外にはなりようがないんだから」

アデルは侮辱するつもりで言ったのだが、意見が違うので、ディロンは少しも怒る気持ちにならなかった。額に汗して働く労働に、恥じるべきところなどない。僕は自分の頭と手を使って働くことが好きだし、この手で成し遂げたことを誇らしく思っている。

それに、〝ただの労働者〟と言うが、百万ドル単位の利益を稼ぎ出す建築会社を一代で築いた〝ただの労働者〟を、母はいったい何人知っているというのだ？

だが、無駄とわかっているのでディロンは何も言い返さなかった。彼が何を言おうと、何をしようと、母親に否定的な言葉を浴びせられなかったことはないのだ。

アデルは娘のシャーロットも愛していたが、キースは格別で、〝わたしのかわいい坊や〟と呼んで溺《でき》愛《あい》していた。アデルの目にはキースに悪いことができるはずがないと映り、悪いのはいつもディロンと映った。人生とはこうしたもの——これはディロンがはるか昔に受け入れた事実だった。

エミリーはディロンとアデルのやりとりをほとんど聞いていなかった。怒りと心痛が鉛の肩掛けのようにのしかかり、全身の機能を奪っているも同然の状態だった。彼女の頭にあるのは、一刻も早くベッドに入りたいという思いだけだった。

何もかも締め出して、上掛けの下で体を丸めて横たわりたい。誰ともいっしょにいたくない。特にキースの家族とは。

そのとき、ディロンが同じソファに座った。エミリーはびくっとした。充分にスペースが空けられているのに、なぜか近すぎるように感じて落ち着かない。いまだけではない。ディロンには、いつもこんな気持ちにさせられる。エミリーは百六十三センチしかないので、彼との身長差は三十センチもあるが、それによる威圧感のせいだけではなかった。広い肩幅、たくましい腕の筋肉、たこのできた大きな手。そして男性モデルでさえうらやむであろう逆三角形の褐色の上半身、平らなおなか、引きしまった腰。ディロンの体はみごとなまでに男性的で、オーラを放って見える。そばにいると、そのオーラが波のように襲ってくるのを感じるのだ。

ディロンは長い脚を投げ出してため息をついた。

「やっと終わったな。ありがたいことに」

エミリーは両手を握りしめて目を閉じ、涙がこぼれるのを抑えた。終わって心底ほっとしたのはわたしのほうだわ。あとはキースの家族が全員帰ってくれれば、わたしは一人になれる。

キースの死にまつわる醜聞が野火のように広まっ

たので、彼の死を知った瞬間からずっと哀れみの視線とささやき声が周囲に渦巻いていた。それでも葬儀とそのあとの集いの間は、持てる力とプライドを振りしぼって毅然《きぜん》とした態度を保ってきたつもりだ。だが緊張すれば、それだけ疲労も大きい。すでに全身の神経がすり減って、いまにもこの場にくずおれそうな状態になっている。

くずおれるなら、一人きりのときにしたい。キースの家族の前で――ことにディロンの前では絶対にいやだ。

ディロンには出会いから好意を見せてもらえなかった。彼はキースとの結婚にも賛成してくれなかったし、わたしに対していつもよそよそしく冷静な態度を崩そうとしなかった。そんなディロンに、ヒステリックになったわたしを見られたら、もっと嫌われるに決まっている。弱い人間だと思われるようなことはしたくない。

「今日は、ずいぶんおおぜい集まってくださったわね」重苦しい沈黙を破ろうと、シャーロットが言った。

アデルがうなずいた。「当然ですよ。キースは誰からも愛されていたんですからね。みんなに尊敬される優れた内科医で、そのうえ、ハンサムで明るくてとても魅力的だった……母親にとっては理想の息子だったわ」声が嗚咽《おえつ》まじりになって、新たな涙があふれ出し、アデルは再び両手で顔を覆って泣きはじめた。

それに、キースは不実な浮気者でもあったわ、とエミリーは胸の中でつけ加えた。声に出して言わないのは、姑《しゅうとめ》を怒らせても何もいいことがないからだ。キースを完璧《かんぺき》な人間と信じているアデルは、誰になんと言われようと絶対に聞き入れない。

ディロンは哀れむように母親を見て唇をゆがめたが、やはり、何も言わなかった。

シャーロットは母の背中を抱いて慰めの言葉をかけている。

やがてアーチ形の戸口にイーラ・メイが姿を見せて、エミリーに言った。「奥さま、後片づけが終わりました。キッチンもきれいになりましたし、食器はすべて食器洗い機の中です。ほかにご用はありませんか?」

「もういいわ。ありがとう、イーラ・メイ」

「奥さま、やはりこの大きなお屋敷に奥さまをお一人残していくのは心配でたまりません。今晩、ほんとうにわたしが泊まらなくていいんでしょうか? 夫ならわかってくれますから」

「その必要はないわ。わたしはだいじょうぶよ」

イーラ・メイが下がると、シャーロットが母親の頭越しにディロンを見た。「そろそろママを連れて帰ったほうがいいと思うの。鎮静剤をのませてベッドに入れるわ」

「そうだね」ディロンが答えた。

「では、子供たちを連れてこよう」ロジャーが立ち上がって奥の部屋へと向かった。

エミリーは安堵《あんど》のため息が出そうになるのをかろうじて抑えた。

「そうね、帰りましょう」アデルがすすり泣きながら言った。「ここにいる理由はないんですもの。わたしのかわいい坊やは、もういないんだから」

エミリーは唇を引き結んだ。義母の悲しみの深さはわかるけれど、キースを賛美する言葉を聞かされつづけるのは、傷口に塩を塗られるも同然だ。お願いだから、一刻も早くわたしを一人にしてほしい。

みんながコートと手袋を着けて帰り支度をする間もアデルは悲しみに唇をふるわせていたが、ふいに、もう二度と来ないと言わんばかりに玄関ホールを見まわした。「まだ信じられないわ。あの子がいなくなってしまったなんて。もう会えないのね」そう言ってから険悪な視線をディロンに向けた。「どうしても息子を一人失わなくちゃならないなら、キースでなくて、ディロンだったらよかったのよ」

「ママ！」

「お義母《かあ》さま！」

シャーロットとエミリーが同時に叫んだ。

「ママったら、なんてことを言うの？ 信じられないわ」

アデルは唇をすぼめて視線をそらした。「悪かったわ。でも、そう思うんですもの。しかたがないじゃないの」

エミリーは自分の苦しみを忘れるほど驚いて姑の顔を見つめた。いくら悲しみに打ちひしがれているとはいえ、なぜ、こんな心ないことを口にできるのだろう。それも、わが子に向かって。

「ママは本気で言ったんじゃないわ、ディロン」シャーロットが弟の腕に触れた。「気が動転しているの。それだけなのよ」

「心配いらないよ、姉さん」ディロンはまるで、母親からではなく赤の他人から言われたかのように、無造作に肩をすくめた。

ディロンはロジャーと別れの言葉を交わし、シャーロットと子供たちにキスをしてから、驚いたことに母親の頬にもうやうやしくキスをしようとした。だが、アデルが直前に顔を背けたので、唇は頬をかすっただけだった。彼のことは快く思わないエミリーだが、それでも胸が痛んだ。彼女はドアを閉めてからディロンに同情のまなざしを向けた。

「お義姉《ね え》さまの言うとおりだわ。お義母さまは本気でおっしゃったんじゃないのよ」

「いや、本気だった」

「違うわ。そんなふうに考えてはだめ。お義母さまは悲しみのあまり、意味のないことをおっしゃったのよ。あなたを愛していらっしゃるわ」

ディロンは眉をひそめた。「エミリー、きみだってマグワイア家の一員に加わって七年になるんだ。わかっているはずだよ」

彼がそう言ってリビングルームへ向かったので、エミリーはあとを追った。

「お義母さまがあなたにはあまり優しい態度を見せないことは知っていたし――」

「ずいぶん控えめな表現だな」

「キースがお義母さまのお気に入りだったこともわかっているわ」エミリーは続けた。「親が子供を分け隔てするなんて、もちろんいいことではないけど。でも、だからといって、お義母さまがあなたを愛していないということではないのよ。母親はどんな子供にも愛情を抱いているものだわ」

ディロンはソファに座って足を投げ出し、背もたれに頭を預けて半ば閉じた目でエミリーを見た。

「そうだね。一般にはそう言われている。だが、なんにでも例外はあるのさ。思い出すかぎり、母はいつも、僕の顔を見るのも我慢ならないようだった」

「でも――」

「いいんだよ。これは事実なんだ。僕はとっくの昔に受け入れている」

エミリーは反論しようと口を開きかけてやめた。わたしは何をしようとしていたんだろう。この人はほかならぬディロンなのだ。完全に自立していて、いつもよそよそしく、驚くほどタフな人だ。彼は誰も必要としていない。たとえ母親であろうと。その彼が母親の暴言を気にしないというなら、これ以上心配する必要はないのだ。だいいち、わたしは自分の苦しみで手いっぱいなのだから、他人の問題にかかわる余力などない。

エミリーは疲れを感じてディロンと向かい合わせのソファに腰を下ろし、暖炉で燃える炎を見るともなく見つめた。まるで体の中がほんとうに空洞になってしまったように、うつろで無感覚だった。

それにしても、わたしはなぜ気づかなかったんだろう。七年間、自分は申し分のない人生を送っていると信じていた。ハンサムで魅力的な医師とおとぎばなしのような結婚をした。美しい家、華やかな社交生活、友人たち、経済的な安定――孤独だった子供時代に夢見ていたものばかりだ。でも、そのすべてが幻だったとわかった。

エミリーは無意識のうちにおなかに手を触れていた。子供。キースとの生活に唯一欠けていて、彼が死の直前に与えてくれたものだ。

もしかしたら、それが問題だったのだろうか。わたしは子供を持つことばかり考えて、キースの求めているものが見えなくなっていたのだろうか。いつのまにか、キースをなおざりにしていたのかもしれない。だから彼は、わたしといても楽しくないと思うようになったのではないかしら。

いいえ、違うわ。キースとわたしはうまくいっていた。七年間の夫婦生活で、棘《とげ》のある言葉を交わしたことさえほとんどなかった。それに、キースも確かに子供をほしがっていた。月曜日の午後、ドクター・コンから知らせを受け取ったときだって、大喜びしていたもの。

それなら、なぜほかの女の人に目を向けたの？いったい、いつからだったの？

「だいじょうぶかい、エミリー？」

エミリーは、はっとして顔を上げた。ディロンと目が合うと、少しショックを受けた。彼がここにいることをすっかり忘れていたのだ。

「え……ええ、だいじょうぶよ」

「もうやすんだほうがいい。この二日間、きみはほんとうにたいへんだった。明日だって決して楽ではないんだから」

「明日？」

「弁護士に会って、資産状況を整理して遺産の内容を明らかにする約束になっているだろう？」

「ああ、そうね。忘れていたわ」

エミリーは、リラックスした姿勢で座っているディロンを見た。彼もほかの家族といっしょに帰るものだと思っていた。同時でないとしても、すぐに帰るのだと。だが、その気配は見受けられない。

「あなたの言うとおり、やすんだほうがよさそうだわ」

エミリーはそう言って、やっとの思いで立ち上がった。だが、ディロンは動かない。

「あの……いろいろとありがとう。お葬式のことも、すべて取りはからってくださって。この二日間、ほんとうにお世話になりました。感謝しているわ」エミリーは戸口のほうへ向かいかけてみたが、ディロンは相変わらず半ば閉じたような目で見つめているだけだった。

「礼を言うにはおよばない」

「いいえ。やはり……ありがとうと言わせて」また少し戸口へ近づいてみた。しかし、ディロンは動かない。エミリーはしばらく左右の足に体重を移しかえながら手を握りしめたり開いたりしていたが、ついに率直に言うしかないと心を決めた。「ディロン、失礼なことをするつもりはないけど、あなたの言うとおり、わたしはもうやすんだほうがいいと思うの」

「それがいい」

エミリーはほっとしてうなずき、体の向きを変えて玄関ホールへと歩きはじめた。だが、ディロンの次の言葉を聞いて動きを止めた。

「何かあったら遠慮なく言ってくれ。僕はきみの部屋と廊下を隔てて反対側のゲストルームにいるから」

エミリーは振り向いた。「えっ？」

「一人じゃないから安心するといい。しばらく滞在するつもりだ。荷物はすでにゲストルームに入れたから」

「いいえ、その必要はないわ。もし必要なら、イーラ・メイに泊まってくれるように頼んだわ。ほんとうに、一人でだいじょうぶよ」

「たぶんそうだろう。だが、それでも泊まるつもりだよ」

　麻痺していたエミリーの神経がよみがえってきた。不安のあまり、警戒することさえ忘れていた。「ディロン、あなたはわかっていないわね。わたしはあなたにいてもらいたくないの。いまはマグワイアという名前の男の人に機嫌よく接する気持ちになれないのよ」

　ディロンは体を起こしてゆっくり立ち上がり、エミリーに近づいた。「僕はキースではないよ、エミリー」鋭く硬い声だった。

　遅ればせながら、ディロンとまともにぶつかるのは賢い方法ではないとエミリーは気づいた。彼はいつもは静かな人だが、ひとたび怒らせたら手に負えなくなる。普段でさえ怖いのに、打ちのめされて疲れきっているいまの自分に、太刀打ちできるわけがなかった。

「お気持ちはありがたくお受けするわ。ほんとうよ。でも、事実、必要ないことなの。わたしはだいじょうぶだから」

「子供はどうなんだ？」

　エミリーは息をのんでディロンを見つめた。無意識のうちに再びおなかに手を触れていた。「どうしてそのことを？」

「キースが亡くなる二時間前に自動車電話をかけてきて、僕にそう言ったんだ」

　エミリーはがっくりと肩を落とし、近くにあった椅子のアームに腰を下ろして額に手を当てた。

その可能性を考えてみるべきだった。キースとディロンは極端に性格が違うのに、なぜか仲のいい兄弟だったからだ。

「わかったわ。あなたが安心するなら言うけれど、ベビーは元気よ。だから、泊まってもらう必要はないわ」

「あきらめるんだね、エミリー。僕は帰らない」

「どうしてこんなことをするの?」エミリーは不満げに声を尖《とが》らせた。「あなたはわたしのことを快く思っていないくせに」

ディロンはしばらく彼女を見つめていたが、やがて階段を顎で示した。「早くベッドへ行くがいい、エミリー。明日の朝、また会おう」

エミリーは抗議しようと開けた口を閉じてため息をつき、階段へと向かった。いまのわたしにはディロンと闘う力はない。

ディロンはその場にたたずんだまま、階段を上っていくエミリーを見つめていた。そして、彼女が見えなくなると飲み物がのったワゴンのところまで行ってクリスタルのデカンターからジャック・ダニエルをグラスに注《つ》いだ。その半分を一気に喉に流しこみ、再びグラスを満たして窓辺へと向かう。

自分の姿が映るガラスの向こうに陰鬱《いんうつ》な闇《やみ》が広がっていた。今日は墓地を出るころからテキサスの冷たい北風〝ブルーノーザー〟が吹きはじめ、天候が崩れていた。いまも風が音をたてて裸の木の梢《こずえ》を揺らし、みぞれの粒がぱらぱらと窓ガラスに打ちつけている。

ディロンは暗い表情でウイスキーを口にした。頭の中にまだエミリーの言葉が響いている。

〝あなたはわたしのことを快く思っていないくせに〟

ディロンは荒い息をついた。エミリーが僕のうわべの態度を信じたとしても、驚きはしない。

この七年間、あれだけ彼女を避け、家族の集まりでも距離を取って過ごしてきたのだから。

ディロンは窓から離れてアーチ形の戸口まで行き、側柱に肩をもたせかけてエミリーのベッドルームのほうを見上げた。もしも彼女が真実を知ったらどんな反応を示すだろう。亡き夫の兄が、結婚する前から自分を愛していたということを知ったら。

そして、おなかの子供の父親がキースでなく、この僕だと知ったら……。

2

キースが亡くなってからエミリーはほとんど眠っていなかったが、それはこの夜も同じだった。廊下を隔てた部屋にディロンがいると思って落ち着かないこともある。だが、何よりも、悲しみと怒りが眠りを寄せつけない。

横になって天井を見つめていると、愛人といっしょにいるキースの姿が浮かんでは彼女を苦しめた。幻の彼は笑ったりキスをしたりしていた。

なぜなの、キース？　どうして？　わたしを愛していると言いながら、なぜ、こんな仕打ちができたの？

それとも、わたしが何かを見落としていたの？

結婚生活のほころびの兆候が見えていたのに、わたしが気づかなかったのかしら。エミリーは何度も記憶をたどってみたが、思い当たることはなかった。

二人でいるときのキースは幸福そうに見えたし、けんかをしたことも、意地悪な言葉を口にし合ったこともなかった。お互いをだいじにしていたし、セックスもうまくいっていた。

それに、彼は未来の夢も語っていた。臨床業務から離れることができるようになったら夏は休暇を取ってヨーロッパを旅しよう、退職したら船を買って世界を巡るんだ、と。

それなのに、なぜ？　やはり、子供のことが原因なの？　子供ができたら家庭にしばられるとでも思ったの？

いいえ、それはありえないわ。キースもわたしと同じように子供をほしがっていた。たぶん……同じくらい熱心に。正直に言えば、わたしは二年ほど前から妊娠の可能性は少ないかもしれないと思いはじめていたけれど。月曜日にドクター・コンから電話で朗報をもらったときには、キースは確かに大喜びしていた。

「それなら、なぜほかの人に気持ちを向けたの？」エミリーは闇《やみ》に向かって問いかけた。わたしのせいなの？　わたしが何かしたの？　それとも、しなかったのかしら？　あなたが期待するほどにはかわいげがなかった？　賢くなかった？　面白みがなかった？　それとも、女としての魅力に欠けていたというの？

エミリーは明け方まで頭の中の声に悩まされつづけ、あげくに疲れはてて眠りこみ、八時少し前に目が覚めた。体が重く、頭が痛かった。今朝は何かが――キースがいないということだけでなく、それ以外の何かが違っているという気がした。だが、頭がぼんやりして考えがまとまらない。

とりあえず、よろよろと歩いてバスルームまで行き、鎮痛剤を二錠のんでシャワーを浴びた。

それから、パイル地の長いバスローブに身を包み、湿った赤褐色の髪を後ろにとかしつけた。コーヒーを飲もうと部屋を出て、ゲストルームのドアを目にして初めてディロンのことを思い出した。

ドアが開いている。エミリーは足を止めて唇をかみ、一瞬考えてから入口まで行って、そっと中をのぞいてみた。ベッドはきれいに整えられ、部屋のどこにも乱れたようすがない。ディロンの姿もなかった。

ナイトテーブルの上の時計を見て、当然だわと思いながら、エミリーはほっと息をついた。今日は金曜日。彼はもう仕事に出かけたはずだ。

エミリーはバスローブのベルトを締め直して階段を下りた。

コーヒーのいい香りとソーセージの匂《にお》いがキッチンの戸口のほうから漂ってくる。きっと、ディロンが出かける前に朝食をとったのだろう。ポットにコーヒーが残っているといいけれど。

スウィングドアを開けたエミリーは、一歩入ったところで立ち止まった。「ディロン！　ここで何をしているの？」

レンジの前に立っていたディロンが、こちらを向いて片方の眉を上げた。「おはよう」

たくましい手にボウルと泡立て器を持ち、引きしまった腰にイーラ・メイのフリルのエプロンを巻きつけている。彼は手際よくボウルの中身をかきまぜはじめた。

「何をびっくりしているんだ？　昨夜《ゆうべ》、ここに泊まると言っただろう？」

「ええ。でも……もう仕事に出かけたと思っていたから」

「しばらく休むことにしたんだ」

「まあ、いけないわ。わたしなんかのために。だいじなプロジェクトが始まったところじゃなかったかしら? たしか、大きなオフィス・ビルか何かの」

「屋内型のショッピングモールだ」

「そうだったわね。わたしのために仕事を休んでほしくないわ」

「優秀な部下がいるから問題はない。しばらくなら現場監督だけで対応できるんだ。何かあれば、僕の携帯電話に連絡してくることになってるし」ディロンはレンジのほうに向き直った。「いいタイミングで下りてきたね。パンケーキを焼いているところだよ」

エミリーはそのときになって初めてテーブルに食器が二人分用意されていることに気づいた。

ディロンはボウルを脇《わき》に置き、マグカップにコーヒーを注《つ》いでカウンターテーブルに置いた。「コーヒーはカフェイン抜きのものだから子供への影響を心配する必要はないよ。さあ、座って。パンケーキができるまでおしゃべりしていよう」

エミリーはディロンとおしゃべりなどしたくなかったが、まだ頭がぼんやりしていて、それを避ける言い訳を考えることができなかった。しかたなく、ベルトをもう一結びしてから歩いていき、彼の背後のカウンターのスツールに腰かけた。

「あなたが……お料理をするとは思わなかったわ」

ディロンが振り向いて、黒々とした眉の下の青い瞳をきらめかせた。「まだたくさんあるよ。きみの知らないことが」

「そうね。そうだと思うわ」答えながら、エミリーはなぜか叱責《しっせき》されたような気持ちになり、そのまま黙ってマグカップを両手で包んだ。そしてコーヒーを飲みながら、ディロンがきつね色に焼けたパンケーキを引っくり返すのを見ていた。

仕事が成功してかなりの富を得ているのに、ディロンはタフでたくましくて、どちらかと言えば粗野な無骨者という印象だ。だが、昨日の葬儀にオーダーメードのスーツに身を包んで現れた彼は驚くほど洗練されて見えた。そして、いまここにいる着古したジーンズとグレーのトレーナーを身に着けたディロンは、再びいつものディロンに戻っている。もちろん、フリルのエプロンは別だ。エプロンはいかにもミスマッチだが、ディロンの場合は、そのコントラストが彼の男らしさをより際立たせている。

エミリーは、まくり上げられた袖《そで》からのぞく腕に目を引きつけられた。力みなぎる筋肉、がっしりした手首、大きな働き者の手。その手が慣れたようすでフライ返しを使っている。

ディロンと同じ部屋にいるせいで、いつものように落ち着かない気分になった。体が大きくてびっくりするほど男っぽいだけでも威圧的なのに、ディロンは頑固で、よそよそしくて、堅苦しいのだ。

兄弟でありながら、どうしてこうも違うのだろうと、エミリーはコーヒーを飲みながら考えた。容貌《ようぼう》について言えば、ディロンはキースより荒削りで体格もよく、たくましさと激しさが感じられる。黒髪と青い瞳で、それに顔の輪郭や目鼻立ちも、よく似ている。同じ特徴が、キースの場合は人当たりがよくてハンサムと受け取られ、ディロンの場合は荒々しくて男性的と受け取られるのだ。

性格となると、ディロンは陽気で活発な姉にも似ていないし、屈託がなくて魅力的な弟にも似ていない。

ディロンはエミリーには常に礼儀正しく接している。だが、あくまでも礼儀正しいだけなので、義妹として望ましく思われていないのではないかと感じてしまう。

「さあ、できた」ディロンはパンケーキとソーセージを積み上げた皿を持ってテーブルへ向かった。

「熱いうちに食べよう」

「朝食はほとんど食べない習慣なの」エミリーはそう言ったが、ディロンが黙って視線を向け、彼女のために椅子を引いたので、ため息をついてスツールを離れた。まだ彼と言い争う力などなかった。

ディロンは向かいの椅子に座り、エミリーの皿に料理を取りわけてから自分の分を取った。

「無理よ。こんなにたくさん食べられないわ」

ディロンは厳しい表情になった。「食べるんだ。体力を落とすわけにはいかないだろう。この三日間、きみはほとんど食べ物を口にしていないじゃないか。きみにとっても子供にとってもいいことではない」

エミリーは反論したかったけれど、ディロンが正しいのは確かだ。彼女は再びため息をつき、パンケーキにシロップをかけてフォークを手に取った。

パンケーキはおいしかったが、食欲がないので、無理やり口へ運ばなければならなかった。悲しみと落胆で五感が麻痺《まひ》してしまったのだろうか。なんだか霞《かすみ》の中にいるようで、自分を取り巻く世界のすべてから――自分の体からさえ、切り離されているような気分だ。ただ、心臓だけは確かな痛みとともに胸の中にあった。

二人はしばらく無言のまま食事をしていた。なんとか食べてしまわなくてはと集中していたので、ディロンが口を開いたとき、エミリーは驚いて飛び上がった。

「質問に答えてくれないか？」

エミリーは顔を上げて鋭い視線を返した。「それは質問によるわ」

「きみが何年も子供をほしがっていたことは知っている。妊娠がわかったときには、うれしかっただろう。だが、いまはどう感じている？」

「どういう意味かしら？」

「いまも子供を産みたいと思っているのかい？」

エミリーはフォークを皿の上に置き、反射的にまだ平らなおなかを押さえながら、驚いてディロンを見つめた。

「もちろんよ。産みたいに決まっているわ。なぜ、そんなことを?」彼女はディロンの表情を見て、言葉を切った。「わかったわ。キースの本性を知って、それでも彼の子供を産みたいと思っているかということね?」

「まあ、そんなところだ」ディロンは言い、じっとエミリーを見守った。

「父親がキースだからといって、子供が必ず彼の性格を受け継ぐとはかぎらないわ。わたしの子供でもあるんですもの」

「それがほんとうだとしたら、なぜ妊娠していることを誰にも話さないんだ?」

エミリーは視線を落とし、膝の上でナプキンを握りしめている自分の手を見つめた。「よくわからないわ。ただ、話したくなかったのよ」いまだって話したくない。誰かといっしょにいたくもないわ。一人になりたい。そして、もう一度ベッドに入って丸くなり、この心痛と無気力に屈服してしまいたい。

「なぜ?」ディロンはあきらめなかった。

「一つには、ゴシップに新たな材料を与えたくなかったからよ」エミリーはディロンと目を合わせたくなくて、ナプキンを握る手を見つめつづけた。

「だが、きみは家族にも話していない。そのニュースを聞いたら母の悲しみも少しはやわらぐだろうし、そうなったらきみにとっても悪いことではない」

エミリーは首を横に振った。「それでも、お義母《かあ》さまには話すつもりはないわ。キースのこととなったらお義母さまがどう出るかわかっているもの。ベビーをキースの代用品にしようとするに違いないわ。話したら最後、わたしはお義母さまと闘わなければならなくなる。いまのわたしには、それは無理だから」エミリーは、ほとんど乾いて顔のまわりと肩をおおっている巻き毛をかき上げた。「いずれにしても……このことは、しばらく誰にも言わないでおきたいの。暗澹《あんたん》たる事実の中に差しこんだ一筋の光ですもの。わたしの小さな秘密よ」彼女は懇願するような視線をディロンに向けた。「わかってもらえるかしら？」

「そうだね。母に知らせないでおくというのが正しいのかもしれない」

「じゃ……お義母さまに言わないでおいてくれるのね？」

ディロンは唇の片端をゆがめた。「どのみち、母と僕との間には、ほとんどコミュニケーションがないからね。僕から母に話すことはないと思ってくれていい」

エミリーはほっとして肩から力を抜いた。ディロンとアデルの関係を知らないわけではなかったが、どこかで彼がほんとうはアデルの側の人かもしれないと疑っていたのだ。

「ただし、いつかは言わなければならないよ」ディロンは優しく言い添えた。「妊娠は隠し通せることではないんだから」

「わかっているわ。でも、できるところまでがんばりたいの」内心では、永遠に義母に話さないですませたらいいのにと思っている。

義母は嫁として受け入れてくれなかったが、それはわたしそのものが気に入らなかったせいではなく、自慢の息子に見合う嫁がいるわけがないと信じていたからなのだ。今後、彼女から連絡を受けることはめったにないだろう。もしも音信がとだえるとしたら、それこそ好都合というものだ。

エミリーはけだるげにフォークを手に取って、再びパンケーキを食べはじめた。どうであれ、いまはそのことは考えたくない。いいえ、何にかぎらず、考えること自体したくないわ。

ディロンはエミリーのようすを観察していた。彼女は向かいに座っている僕のことが意識から抜けるほど物思いにふけっている。この状態が続いたら、とても耐えきれるものではないだろう。

彼女の気をそらす方法はないかと考えはじめたとき、静かなキッチンに電話の音が鳴り響いた。

エミリーがびくりとした。「誰かしら？　わたし……誰とも話したくないわ」

「だいじょうぶだよ。僕が出よう」ディロンが立ち上がって受話器を取った。「マグワイアです」

「ディロンね？　よかったわ。あなたがそこにいてくれて」電話の主はシャーロットだった。「さっき、あなたの家にかけたら、誰も出なかったから」

「エミリーのいろいろな手続きを手伝おうと思ってね」

「助かるわ。家族の誰かが手伝ってあげなくちゃいけないと思っていたのよ。それなのに、わたし、昨日はママがあれ以上荒れないうちに家へ送り届けることに気を取られてしまって」

「そうだったね。それはそれで助かったよ。ところで、用事はなんだい、シャーロット？」

「ママのことなの。しばらく家から離れていたいんですって。それで、わたしたちの家へ来ると言うのよ」

「仕事は？」

「ママは緊急に研究休暇《サバティカル》を取りたいと大学にかけ合ったの。そうしたら、大学側が理解を示してくれて。後期が始まる寸前だから、タイミングもよかったのかもしれないわね。トゥーミィ総長が、簡単ではないけれどママの穴埋めをする先生を見つけようとおっしゃってくださったそうよ」

「しばらくというのは、どのくらい？」

「秋の新学期が始まるまで」

「わかった」

またか、とディロンは思った。母は九カ月も姿を消すつもりになっているくせに、僕に直接言わず、シャーロットを使って伝えてきたのだ。

「気持ちは察するわ、ディロン」シャーロットが言った。

そんな言葉をかけてもらいたいと思っているわけではない。だが、シャーロットもキースも、母が長男を嫌っていることを昔からよく知っていた。

「いつものことさ。ゆっくりして気持ちを落ち着けるようにと母さんに言ってくれないか」

「それから……もう一つあるのよ」

「言ってくれ」

「ママは留守の間、家を見ておいてほしいんですって。ときどき立ち寄って、植物に水をやってチェックしてほしいということらしいんだけれど」

ディロンは不快そうに笑った。「わかった。しておくよ」

「よかったわ。ママも安心するはずよ。鍵《かぎ》は玄関マットの下ですって」

そんなところだろう。母は、いまだにあのおしゃれなタウンハウスの合い鍵を僕に渡さない。

「出発はいつ？」

「あと数分で空港へ向かわなくちゃならないの。昼過ぎのフロリダ行きのチケットを取ってあるから」

ディロンは考えこみ、沈黙が続いた。何も知らされずに発《た》たれるよりましと思うべきなのだろう。だいじな植物のことがなければ、母はたぶん、何も言わなかったはずだ。

「わかった。それじゃ、また」

ディロンが受話器を置いて振り向くと、エミリーはマグカップを両手で包んでぼんやりと窓の外を眺めていた。

「シャーロットからだった。どうやら、きみは一時逃れできそうだよ」ディロンは元の椅子に座った。「母は、シャーロットたちといっしょにしばらくフロリダで過ごすそうだ。今日の午後の便で発つらしい」

エミリーはまばたきをして彼を見た。「それだけ？　さようならも言わないで？」

「そのようだね」ディロンはコーヒーの残りを喉に流しこみ、ナプキンで口を拭《ふ》いた。「十時半に出かけるように用意できるかい？」

「出かける？」

「十一時に弁護士と会うことになっているんだろう？　車で送っていくよ」

エミリーはうめいた。「どうしても行かないといけないかしら。遺産のことなら、どうなるかわかっているもの。相続人はわたし一人だわ」

「行くほかないと思うよ。時が過ぎるのは早い。月初めはすぐにやってくるんだ」

「どういうこと？」

「支払いをしなくてはならないだろう。車のローンや住宅ローン、公共料金やそのほかの支払いだ。それから、葬儀の費用の支払いもある。弁護士に遺言を検認裁判所に提出してもらわないと、きみは資産の譲渡を受けられないんだよ」

「たぶん、そうなんでしょうね。ああ、何から手をつけたらいいのかわからないわ。こういうことはキースが全部してくれていたから」

ディロンは眉をひそめた。「まさか、自分の財産がどうなっているかもわからないと言うんじゃないだろうね？　自分が持っている資産の額を知らない？　なんだって？　ほんとうに知らないのか？　エミリー、なんてことなんだ！」

「そんな言い方をするのはやめて。結婚したばかりのころ、わたしは自分で管理すると言ったのよ。でも、キースが財産のことはすべて弁護士のボブ・ラースンに任せようと言ったの。ボブはキースの昔からのお友達で、税務のこともしてもらっているし、キースの仕事のアドバイザーでもあるのよ」

「ボブ・ラースンなら知っている。高校でも大学でもキースといっしょだった」

エミリーはディロンを見た。事務的な口調だったが、声にボブ・ラースンを快く思っていないらしい気配がにじんでいたからだ。

「ええ。キースは財産管理のような退屈な仕事をわたしにさせたくないと言って、彼自身にもその時間がないからと言っていたわ」

すんなりそうなったわけではない。エミリーは結婚したときには二十二歳だったが、すでに自立していたので、経済面での管理をすることは妻として当然だと思っていた。そのときのやりとりは、キースとの間の数少ない口論の一つだったと言えるかもしれない。

「それでも、キースには経済状況を常にきみに示しておく義務があった」

「わたしから何度か話をしようとしたことがあるけど、キースは不愉快そうだったわ。信用していないと言われた気がしたんでしょうね」

「ということは、きみはいますぐ始めなくちゃならないわけだ。自分で管理するにせよラースンを雇うにせよ、財政状態を把握しておかなくちゃいけない。いずれにしても、一週間もしないうちに債務を履行しなければならなくなるんだ。共同預金口座はたぶん動かせるだろうが、キース一人の名義の口座は、遺言の検認がすむまで、きみにもラースンにも手が出せない」

エミリーはテーブルに肘をついて両手で顔を覆った。「いまは無理よ。とても行けないわ」

「選択の余地はないんだよ。もしも少しでも助けになるなら僕が付き添うから、早くすませてしまうんだ」

エミリーは顔を上げて義兄の青い瞳を見た。ディロンがそばにいてくれることをありがたく思うときが来るなんて、考えてもみなかった。「ほんとうに?」

「もちろんだ。そのためにここにいるんだから」

エミリーは驚いてボブ・ラースンを見つめた。

「どういうこと、何もないなんて? そんなはずはないわ。夫はたくさんの患者さんを抱える有能な医師だったのよ」

ボブ・ラースンは椅子の上で身じろぎし、気の毒そうに視線を返した。「残念ながら、事実なんだよ、エミリー」

「でも……かなりのものがあったはずだわ。株や公社債、不動産……」

ボブは口元をこわばらせた。「もうないんだよ。僕も、売るというキースを止めようとしたんだが、彼は聞き入れてくれなかった。四年くらい前から、一つずつ現金に換えていたんだ」

「相当な額の生命保険もあったはずよ。あれはどうなったの?」

「一年前に現金化している」

「預金は?」

「それも。きみの当座預金が、唯一残っている預金だと思う」

「ああ、なんということなの」エミリーはめまいを感じて椅子の背に体を預けた。嘘《うそ》だわ。そんなはずはない。わたしは悪夢を見ているのよ。きっと、すぐに目が覚めるわ。

いいえ、これは現実だわ。恐ろしい現実。キースは浮気をしていただけではなく、ほかの意味でもわたしを騙《だま》していたのだ。そして、わたしを一文無しにしてこの世からいなくなった。

「ちょっと待ってくれないか」隣に座っていたディロンが身を乗り出した。「キースは、いったいどうやってエミリーに知らせないまま株と債券を売ることができたんだ？　共同名義になっていたんじゃないのか？　それなら、彼女のサインが必要なはずだろう？」

「もちろんだよ。どの書類にもサインがあった。それは確かだ」

ディロンはエミリーに視線を移した。「内容をはっきり把握しないまま、何かの書類にサインした覚えは？」

エミリーはゆっくり首を横に振った。驚きのあまり、声が出てこない。

ボブが言った。「エミリー、それはきみの記憶違いだろう。きみのサインがなかったら、キースだって売ることはできなかったんだから」

「自分の手でエミリーの名前を書かないかぎりはね」ディロンが言った。

「まさか。いくらなんでも、そんなことをするはずがない」ボブは笑ったが、ディロンににらまれると、咳払《せきばら》いをしてごまかした。

「たぶん、している」

エミリーはびっくりして義兄を見つめた。「キースがわたしのサインを偽造したと言うの？」

「そんなふうに受け取れる」

エミリーは気分が悪くなった。キースの最悪の面を知らされたと思っていたのに、まだあったのだ。踏んだり蹴《け》ったりというのはこういうことを言うのだろう。

「そんなことだとは疑ってもみなかったよ。知っていたら、なんとしてでもキースを止めていたんだが」ボブはそう言い、机の上を指でこつこつとたたきながらため息をついた。「こんなときに気の毒なんだけど、さらに悪い知らせを伝えなくちゃならない。エミリー、きみはキースの未払いの負債を背負うことになると思うんだよ。僕が書類を裁判所に提出したら、キースの債権者たちはきみに返済を求めることになるだろうから」

「わかっているわ。住宅ローンと車のローンのことね」

ボブはまたしても咳払いをした。「それが……それだけじゃないんだよ。まだあるんだ」

「そのほかにも？　キースがわたしに言わずに借金をしたりローンを組んだりしていたというの？」

「たぶん。むろん、僕にはキースがきみと相談したかどうかを知るすべはなかったけれど」

「その契約書を見せてくれないか」ディロンが険しい口調で言った。「きみのところにあるんだろう？」

「あ……もちろん。だが、申し訳ないけれど、見せられないんだよ、ディロン。クライアントとの守秘義務に反することになるから」

ディロンは不愉快そうなまなざしを向けた。「きみのクライアントはもうこの世にいない。そして、きみが言ったとおり、エミリーは唯一の相続人で、負債の義務を負うことになるんだ。我々に、キースに関するすべての資料を提示するべきじゃないのか。さもないと裁判所に訴えることになる。いずれにせよ、きみは書類を提示しなければならなくなるよ」

ボブは唇を引き結んだ。はねつけたいが、それだけの度胸がないのだ。「そうまで言うなら」彼は分厚い書類のフォルダーを引っくり返して一枚の書類をディロンの前に置いた。「さあ、これがキースの負債のリストだよ」

ディロンはちらりと見ただけで言った。「総額しか書いてないじゃないか。必要なのは、契約書とそのほかの弟にかかわる書類のすべてだ。さあ、出してくれ」

二人はしばらくにらみ合っていたが、ボブ・ラースンがディロンに勝てるわけがない。

「わかったよ」ボブはとうとうフォルダーごとディロンのほうへ押しやった。

ページをめくりはじめたディロンの隣でエミリーが言った。「わからないわ。キースは、なぜそんなにお金が必要だったの？　そして、それはどこへ行ったの？　全部、あの……あの女性に注ぎこんだとも思えないわ」

「その答えなら僕も聞きたいね」ディロンはフォルダーに拳《こぶし》を打ちつけた。「また、知らなかったなんて言うつもりじゃないだろうな。これだけの額なんだ。きみは当然、キースに質問しているはずだよ、ボブ」

ボブは顔を紅潮させてもぞもぞしていたが、やがて告白してしまって肩の荷を下ろそうと決めたらしく、大きなため息をついた。「わかった。いまとなっては、彼の秘密を守りつづける理由はないからな。実はキースは何年も危険な操作をしていたんだよ。クレジットカードやそのほかの負債を返すために、高利で短期の個人貸し付けを利用していた。破綻《はたん》すれすれのところで、借金をして借金を返すという危ない橋を渡っていたんだ。女性たちのことで金が必要だったし……」

「女性たち？」エミリーは驚いて尋ねた。「一人じゃなかったの？」

「気の毒だが、イエスと答えるほかないよ。キースには何人かの愛人というべき女性がいたんだ。彼女たちは、つき合っている間はたいていタウンハウスに住んでいた」

「そうなの」エミリーはまるでみぞおちを殴られたような気分だった。つらくてたまらなかったが、それでもなんとか体面を保った。

「でも、それだけで財産がすべてなくなるわけじゃない。いろいろな原因が複雑に結びついた結果のことなんだよ。知ってのとおり、キースは高価なものが好きだったからね」

「そうね。それは事実だわ」あの家がいい例だ。明らかに大きすぎるし、贅沢《ぜいたく》すぎる。エミリーはもう少し小さな家のほうがいいと言ったが、キースが医師という職業や立場から考えるとこのくらいは必要だと主張して購入したのだった。

「キースは自分の財産や収入に不似合いなライフスタイルを楽しむこともやめなかった」ボブは続けた。「例の愛人のタウンハウスと高級車のレクサスのほかにビーチハウスとヨット、彼ときみの高級車。それに、ギャンブルもしていたし」

「ギャンブル？　わたしの夫がギャンブルを？」

「そうなんだよ。彼は去年だけでも五回、ラスベガスへ行っている。それに、地方競馬やそのほかの賭《かけ》事《ごと》にもそうとう注ぎこんでいた」

　もしもボブ・ラースンが机を乗り越えてきて棍棒《こんぼう》で殴ったとしても、エミリーはこれほど驚かなかっただろう。

　キースがギャンブルのために旅行をしていたのに、わたしは何も知らなかったなんて。キースは学会があると言って出かけていた。だが、ほんとうはラスベガスでギャンブルをしていたのだ。きっと、愛人も連れていったに違いない。

　エミリーは下を向いて手で額のあたりを抑えた。もう、耐えられないわ。

「きみの気持ちはわかるよ、エミリー」ボブが言った。「僕だって、きみにこんな話をする役まわりにはなりたくなかった。だが、聞こうともしなかったんだよ。何度もキースをたしなめたんだ」

　エミリーは返事の代わりにうなずいた。

「なんだって、ラースン？」ディロンは不機嫌な声を出した。「たいした友達だな。キースが浪費を重ねてギャンブルにおぼれて破滅していくのを知りながら、家族に教えもしないとはね」

「ぼ……僕の立場では干渉できなかったんだよ。それに、どうすればよかったというんだ？　キースが浮気をしているとエミリーに告げ口すればよかったのか？　だが、浮気なら別に珍しいことではない。みんなしていることだ。それに、ギャンブルについては僕が口を挟める問題じゃなかった」

「僕に言えばよかったんだ。そうすれば、僕が口を挟んだよ」ディロンはばたんとフォルダーを閉じた。「これで終わりかい、僕たちが知らないことは？　ほかにキースをかばっていることはないね？」

「う……これで、全部だ」

「いいだろう。それなら、我々がもうここにいる必要はない。このフォルダーは持っていくからね」

ボブは異議を唱えようとしたが、ディロンが鋭い視線を向けて黙らせた。そしてフォルダーを脇に抱えて席を立ち、エミリーを手助けして立たせた。

いつもならディロンにウエストへ腕をまわされたりしたら飛び上がっていたところだが、エミリーはそのことには気づかず、呆然《ぼうぜん》として導かれるままに歩きはじめた。

戸口のところでディロンが振り向き、ボブに言い渡した。「マグワイアの仕事はこれまでということにしてくれ。裁判所にはこちらの弁護士から書類を提出させる」

3

ディロンはちらりとエミリーを見た。顔色が悪い。それに、ボブ・ラースンの事務所を出てから一言も言葉を発していない。「だいじょうぶかい?」

エミリーは答えなかった。聞こえなかったのかもしれないとディロンは思った。

エミリーはピックアップ・トラックの反対側の座席に座ると、ドアに寄りかかって腹部を両手で押さえ、無表情な顔でひたすら前を見つめている。

無理もない。この五日間、彼女は次々とつらい目にあいつづけているのだ。

「エミリー? 返事をするんだ。だいじょうぶなのかい?」彼は少し大きな声で尋ねた。

エミリーはびくりとし、ディロンのほうを向いて目をしばたたいた。「えっ?」それから、また前を向き、抑揚のない声で答えた。「ええ、だいじょうぶよ」

「ほんとうに? どこか痛いんじゃないか? 気分は悪くないかい?」

エミリーは、今度は当惑した表情を向けた。「気分が? もちろん、そんなことは……ああ、わかったわ。子供のことね」彼女は唇をゆがめた。「心配いらないわ。あなたの姪《めい》だか甥《おい》だかわからないけれど、ともかく、子供は元気よ。体はなんともないもの」

なぜそんなふうに受け取るのかと思い、ディロンは怒りを覚えた。だが、ぐっとこらえて優しく言った。「ベビーの状態もだいじだが、きみ自身のことが心配なんだよ。ここ数日、ハードなことの連続だったから」

エミリーは苦々しげな笑い声をあげた。「そうね。それは確かだわ」

ディロンは家の私道にピックアップ・トラックを停《と》め、エミリーを促して家の中に入った。彼女は戸口の脇《わき》のクローゼットに脱いだコートをかけて無言のままリビングルームへと歩いていく。

ディロンが自分のコートをかけて部屋に入っていくと、彼女はアルコーブの窓から荒涼とした冬景色を見ていた。いまにも体がばらばらになりそうなのを抑えるかのように、両腕をしっかりと体に巻きつけ腹部を守っている。

ディロンは少し手前で足を止めた。傾けた首、こわばった肩、青白い顔。彼女の全身から悲しみが伝わってくる。痛々しくて壊れそうで、心を閉ざしているように見える。

「エミリー、少し話そう」

「ごめんなさい、ディロン。いまは無理だわ」

「そんな気分でないことはわかっている。だが、急を要することなんだ。きみは今後の計画を立てる前に、事実をよく検討して、自分が置かれている状態を把握しなくちゃいけない」

ふいにエミリーがふるえ出した。彼女は頭をたれて背中を丸め、自分を抱きしめたが、ふるえは激しくなるばかりだ。そのうちに、押し殺した声が喉からもれた。それが二度、三度と重なっていく。

ディロンはうなじの毛が逆立つのを感じた。「エミリー？」

いつまでもこらえていられるものではない。エミリーは、とうとう両手で顔を覆って泣きはじめた。何日も抑えていた涙が堰《せき》を切ったようにあふれ出した。

「ああ、エミリー」ディロンは急いで歩み寄り、彼女の体を自分のほうに向かせて抱きしめた。「だいじょうぶだよ。すべてうまくいく。きっと切りぬけることができるから」

こんなふうに励まされても効き目はなかった。ディロンのシャツを両手でぎゅっとつかむと、エミリーはどうにも抑えきれなくなってむせび泣いた。涙はとめどなく流れ、嘆きが喉を締めつけ、嗚咽《おえつ》が華奢《きゃしゃ》な体をふるわせる。

ディロンは自分が無力であることを思い知らされた。彼女の苦しみを取り去って、この世の醜いことや裏切りから守ってやりたいのに、自分は何もしてやれない。そう思うと、またしてもキースを憎みたくなってくる。

僕にできるのは、彼女を思い切り悲しみにひたらせてやることだけだ。ディロンはエミリーの背中をさすりながら優しく体を揺すった。「それでいい。涙を流すんだ。泣き終えたときには、少しは気分がましになっている」

それを聞いて、エミリーはさらに激しく泣きじゃくった。魂を振りしぼるような泣き声に胸を引き裂かれ、ディロンはひたすら彼女を抱きしめた。

やがてエミリーの涙が乾き、しゃくり上げる間隔も長くなって、息遣いが落ち着いてきた。

「ディロン」彼女は涙でぬれたディロンのシャツに顔を埋《うず》めたままささやいた。「わ、わたし、どうしたらいいの?」

だが、彼が答える前にエミリーは自分が彼にもたれかかっているのに気づき、驚いて鋭く息を吸った。身をこわばらせ、飛びのくようにして数歩後ろに下がった。

「ご、ごめんなさい。わたしったら、どうしてこんなことを……」

「きっと、限界を超えたんだよ。自分を見失ったとしても無理はない。泣くくらい当然のことだ」

エミリーはふるえる指で乱れた長い髪をかき上げ、警戒の色を浮かべた瞳で彼を見た。

ディロンはひそかに歯がみした。エミリーは僕に同情されることを、まったく期待していない。

「ありがとう。理解を示してくれて」

赤い目、腫《は》れた目の縁、まだ頬で光っている涙。化粧はくずれ、青白い顔の中で鼻の頭だけが赤い。そんな彼女を見て、ディロンは胸が痛んだ。

「どうということはない。それから、その前の問いに答えるなら、きみは一歩ずつ進めばいいんだ。僕がそれを助ける。手始めに、二階へ行って顔を洗っておいで。それから、少し昼寝をするんだ」彼はエミリーの腕を取って玄関ホールの階段へと導いた。

「泣き疲れたときにはそういうことが必要だから」

「でも、さっきは……」

「考えを変えたんだ。きみはいま、面倒な書類や数字に取り組めるような状態ではないからね。少しやすんだほうがいい。キースの書類には僕が目を通しておくよ。きみが元気になったら、二人でじっくり取り組んで、経済状態を明らかにさせよう」

エミリーはくすっと笑おうとした。「もう明らかになってるわ。わたしは一文無しのうえ、生命保険もないし、運用する資産も収入もないのよ」

「心配することはない。いっしょに考えよう」

「いっしょに?」エミリーは階段の下で立ち止まった。

ディロンには彼女が自分を取り戻しつつあることがわかった。エミリーは深く息を吸って体を起こし、華奢な顎をつんと上げた。

「ディロン、あなたがしてくださったことに感謝しているわ。でも、これはあなたの問題ではないの。わたしの問題だわ。あなたが負担をかぶる理由はないでしょう。わたし、自分でなんとかするわ」

「どうやって?」

「そ……そうね。いまはまだはっきりわからないけれど、何か方法を考えるわ。わたしが言いたいのは、あなたにはかかわりを持つ義務はないということよ」

「そうだろうか?」ディロンはいらだつ気持ちと闘いながら言った。「いくらかの義務はあると思うよ」

エミリーは挑戦するようにさらに顎を上げた。

「どういう義務かしら?」

「きみをこんな状態にさせたのは、僕の弟なんだから」

「だから? 兄弟だからといってキースのしたことに責任を持つ義務はないわ」

「法的にはね。だが、そんなことはどうでもいい。きみはいまもマグワイア家の一員だ。それに、生まれてくる赤ん坊もマグワイアの一員であることを忘れてはいけない」

「それでも……」

「何を言っても無駄だよ、エミリー。僕は助けると言ったら助けるんだから」

青い瞳がエミリーに向けられた。一歩も譲る気配を見せないまなざしだ。じっと見つめられるうちに、エミリーは叫び出したい気持ちになった。

わたしは一人になりたいのよ。とりわけ、あなたといっしょにいたくないの。

そんなことを思う自分に罪悪感を感じたが、事実なのだ。ディロンはキースの死の知らせを受けるとすぐに駆けつけてくれた。そして、医師や警察との不愉快な面談の間も支えつづけてくれた。葬儀の手配をし、ゴシップ好きの人々を退け、これまでとはまったく違う優しい声で言葉をかけてくれた。正直な話、ディロンがいなかったら、この五日間を乗り越えられなかったかもしれない。

それでも、ディロンはやはりタフで寡黙な人だ。相変わらずいっしょにいると落ち着かない気持ちにさせられる。

エミリーはため息をついた。気持ちはどうであれ、いまのわたしは助けが必要な状態だ。まだふらつくし、悲しみのあまり気持ちもふさぎ、とても一人で書類や法的な問題に取り組める状態ではない。そして、ディロンのほかには頼れる人はいないのだ。

「わかったわ」エミリーは憮然《ぶぜん》としながら言った。「よろしい。さあ、少しやすんでくるといい」

エミリーは首を横に振った。「いいえ、早く終わらせてしまうほうがいいわ。それに、どうせ眠れないと思うの。顔だけ洗ってくるわ」

ディロンは優美な曲線を描く階段を上がっていくエミリーを見送った。彼女は背筋を伸ばし、頭をまっすぐ上げている。さっきも挑戦するように顎を上げていた。あれでこそ、いつものエミリーだ。

彼女は一見、優しくて物腰も柔らかいが、芯《しん》は鋼のように強い。これは、七年前に初めて会ったときに見抜いた真実だ。

エミリーは、その昔、夫が戦争に出かけても農場を守り、ライフルを肩にかけて赤ん坊を背負いながら鋤《すき》を振るったような頼もしいタイプの女性なのかもしれない。

秘めた力と不屈の精神には、会ったときから感服している。

この悲しみが少しでもおさまることがあるのかしら。それとも、わたしを根底から揺さぶっているのは怒りなのだろうか。いずれにしても、全身が疲れきっている。体が鉛になったように重くて、階段を一段上るだけでもたいへんな努力がいる。ディロンに背後から見つめられているとわかっていても、エミリーは急ぐことができなかった。

ベッドルームに入ると、弁護士に会うために身に着けていたカシミヤのスーツとストッキングを脱ぎ、下着だけになってバスルームへ行ったが、洗面台の上の鏡をのぞいてうめき声をもらした。

なんという顔なの！　涙でメーキャップがくずれ、マスカラが流れ落ちて頬に筋ができている。これではまるで赤い目をした、あらいぐまだわ。

髪をひねってゆるいシニヨンにし、二つの小さなコームで止めてからクリームでメーキャップを落とした。そのあと冷たい水で顔を洗ったが、タオルで拭《ふ》いてから再び鏡に映した顔は、びっくりするほど青白かった。

パウダーをつけて頬紅《ほおべに》をはき、口紅をつけてみたが、ほんの少ししか変わらなかった。

いいわ、とエミリーは思った。どうせ、この顔を見るのはディロンだけだ。彼を喜ばせようと思っているわけではないもの。

ふとディロンの腕の中で泣いてしまったことを思い出し、エミリーは動きを止めて鏡を見つめた。

妙だわ。いつもなら、彼の体の大きさやたくましさを意識しておびえたような気持ちになるのに、力強い腕で抱きしめられたときには不思議な安心感を覚えていた。ディロンの抱擁というシェルターの中にいれば、この世のどんなものからも守ってもらえるような気がした。

エミリーは首を振り、自分の顔にしかめっ面をしてみせた。何をばかなことを考えているの。ディロンを輝く鎧《よろい》に身を包んだナイトと錯覚するなんて、まだショックが抜けていない証拠だわ。

ベッドルームに戻った彼女は、カジュアルな紺色のスラックスとクリーム色のタートルネックのセーターを着てローファーを履き、階段を下りていった。キッチンへ入ったとき、ディロンがコーヒーをいれてくれてあったのを思い出した。彼は弁護士事務所へ行くために身に着けていたスーツの上着を脱ぎ、ネクタイを取っていた。シャツの襟元のボタンをはずして袖《そで》をまくり上げた姿で、テーブルの上にフォルダーの書類を広げ、難しい顔をして読んでいる。

右手でコーヒーのマグをつかんでいた。

　彼はエミリーがポットのところまで行って自分のコーヒーを注《つ》ぐのを見ながら片方の眉を上げた。

「気分はよくなったかい?」

　エミリーは体の向きを変えてカウンターに寄りかかり、コーヒーを口に含んだ。「あまり。でも、だいじょうぶよ」そう言って、視線を書類に向けた。

「どんなようすかしら?」

「実は、しばらく現場監督と電話で話していたので、まだ調べはじめたばかりなんだよ。メモ用紙をもらえないかな。計算してみよう」

　エミリーは法律用箋《リーガルパッド》と鉛筆を引き出しから出して、ディロンのそばの椅子に座った。すると、いくつかの香りがミックスして鼻腔《びこう》を刺激した。コーヒーの香り、石鹸《せっけん》の香り、すがすがしい森を思わせる彼のアフターシェーブローションの香り、ぱりっとしたドレスシャツの糊《のり》の香り。そして、わずかに彼自身の香りも。こうして彼の香りに包まれていると、なぜか親密な気分になってくる。

　ディロンも同じように感じているだろうか。もしもそうだとしても、彼はおくびにも出さないだろう。

　ディロンは黄色いリーガルパッドの真ん中に縦線を引いて二つに分け、一方の上に〝資産〟、もう一方に〝負債〟と書きこんだ。

「最初の書類は、先週キースが銀行から受けた一万ドルの短期融資のものだ」ディロンはそう言って〝負債〟の欄に未払い残高を書きこんだ。

　それから二時間かかって書類を一枚一枚確認した結果、キースがヒューストン周辺のさまざまな銀行から数多くの個人向けローンを受けていたことがわかった。ボブ・ラースンの記録によると、ほとんどは賭事《かけごと》の清算のための借金だが、ここ数カ月の分は以前のローンの返済にあてるための借金になっている。

「ラースンが言ったことも、ある意味では事実だったね。キースは破滅寸前の状態で危ない橋を渡っていた。彼の経済状態を成り立たせていたのは手品のような操作だったんだ」

エミリーの知らないクレジットカードが少なくとも四枚あり、利用総額はどのカードも天文学的な額におよんでいた。明細には香水や宝石、花や毛皮といった女性向けの贅沢品《ぜいたく》が並んでいたが、エミリーには一つも心当たりがなかった。彼女が知らないレストランやナイトクラブの支払いや劇場のチケットの料金もあった。ヨットの購入代金は半分しか払われておらず、自宅もビーチハウスも、いまいましいことにキースの浮気相手との密会場所さえ、抵当に入っていた。

作業を終えたディロンは顔をしかめ、エミリーはおなかを蹴《け》られたような気分になっていた。

「これはたいへんだわ。思っていたよりひどいわね」エミリーはリーガルパッドのリストを見つめた。負債の欄の項目はほとんど用紙の下端に届くまで連なり、合計は莫大《ばくだい》な額となっている。それなのに、資産の欄にあるのは自宅と三年乗っているエミリーのキャデラックだけだ。半年ほど前からキースに新しい車に取りかえてはどうかと再三勧められていた車だが、抵抗しておいてほんとうによかった。

「キースはいったい何を考えていたんだ？　そこそこの収入を得られる仕事をしていたが、それで億万長者のような暮らしをしようとするとは」

エミリーはうめき声をあげて両手で顔を覆った。

「キースのことですもの。〝我慢〟という言葉は彼の辞書にはなかったのよ」

「そうだね。母親が甘やかして育てたから、十二、三のころには、世界は自分を中心にまわっていると思いこんでいた。正直に言えば、よくメディカルスクールを卒業してインターンを終えるまで我慢して医者になったものだと驚いていたくらいだよ。医学に対しては、よほど思い入れがあったんだろうね」

エミリーは座っていられない気分になって立ち上がり、キッチンの中を歩きまわりはじめた。「こうなったら、できることは一つしかないわ。この家を売ることよ」

「早まってはいけない。ほかにも方法はあるはずだ」

「ほんとうに？　どういうこと？　貯金も投資資産もなくて、家計用の口座には次のローンの支払いをする額は残っていないのよ」

「病院は？　病院から支払われる分があるんじゃないのか？」

「割り当てのうちから半月分は支払われるけれど、それで終わりよ。共同経営者の誰かが死亡した場合、残りのメンバーで経営権を分けるという契約になっているの」

「そうか……」ディロンは片手で髪をかき上げた。「では、僕が債務の清算とローンの支払いを肩代わりしよう」

エミリーは足を止め、おびえたような表情をディロンに向けた。「だめよ。絶対に。それは承知できないわ」

「なぜだ、エミリー？　きみに家を手放すようなことはさせられないよ。この家を愛しているんだろう？」

「それが……実は、そんなことはないの」エミリーはそう言い、驚くディロンを見て弱々しくほほえんだ。「この家を買おうと言い張ったのはキースだったの。きっと、自分の成功を実感できるものが必要だったのね。でも、わたしはいつまでたってもこの家が好きになれなかったし、ここが我が家だという気持ちにもなれなかった。大きすぎるし、立派すぎるもの。わたしはもっとぬくもりのある、居心地のいい雰囲気を求めていたのよ」

「わかった。だが、もしも最高の条件でこの家を売却することができたとしても、キースの債務を清算するのに充分な額にはならないよ」

「キースのポルシェも売るわ。それから、ヨットとビーチハウスも。それに、必要ならわたしのジュエリー類だって」

「そこまでするのは、やめてくれよ」ディロンはうめいた。「そんなことになる前に、僕が銀行を一つずつまわって支払ってくるよ」

「だめよ。わたしのジュエリーですもの。どうしようとわたしの勝手だわ。あなたは何も言えないはずよ」

「エミリー、きみが自分のジュエリーを売るなんて……」

「何がいけないの？　もう二度とつけるつもりはないんですもの」

ディロンはいぶかしげに眉根を寄せた。「どうして？」

エミリーは氷のように冷たい瞳を彼に向けた。

「すべて、キースがくれたものだから」

ディロンは胸が痛くなるのを感じながらエミリーを見つめた。どういう意味だ？　キースとかかわりのあるものはすべて切り捨てたいということだろうか？　もしもそうなら、子供もということか？　そしてこの僕のことは？

僕を切り捨てたいと思ったとしても、驚きはしない。これは予想できたことだ。望みもしないのに、夫を思い出させる似た顔の人物が常に近くにいたのでは、エミリーも面白くないだろう。

だが、子供は……。おなかの子をキースの子供と信じて、彼女が産まないことを選んだら？　その可能性もあると思うと、具合が悪くなりそうだ。

いや、そんなことは考えるまい。エミリーは、絶対にそんなことはしない。

「わかった」ディロンは口を開いた。そういうことなら好きにするといい」

ディロンは書類の一枚を手に取った。「これはあのタウンハウスの保険の契約書だが、ありがたいことに、原状回復の費用が保証される形の契約になっている」

「へんなことを言わないで。あそこを修理するつもりなんかないわ」

「気の毒だが、そうせざるをえないと思うよ。建物の規約では、元の状態に戻すこととなっている。従わないとほかのオーナーたちが黙っていないだろう。だが、悪いことばかりではない。直しておけば高い値段で売れる」

「そういうことなら早いほうがいいわね」

「それから、キースがあの女性に買い与えたレクサスだが、ローンの契約書がフォルダーにあった。契約者はキースになっているから、きみはそれも売ることができる」

エミリーは今度は答えず、黙ったまま部屋の中を行ったり来たりしていた。

ディロンは新しい用紙を使って、さらに計算をした。「僕の概算が正しければ、いままで言ったものをすべて売却するとキースの借金は返せる。だが、それがやっとで、ほとんど残らない」

「しかたがないわ。借金から自由になるだけでもましというものよ」エミリーは椅子に戻って目を閉じた。

「安心しすぎてはいけないよ。きみにはまだ大きな問題が残っているんだから」

「なんのことかしら?」

「これからきみときみのベビーが生きていかなくちゃならないということだ」

「わかっているわ」エミリーは力無い声で答えた。

仕事に就かなくちゃいけないわね」

「何をする？　きみは大学を卒業して、仕事に就かないうちにキースと結婚した。教師の資格を得るための実習も終わらせていない」

「キースが家庭に入るようにと言い張ったのよ。彼は妻が仕事をすることを望まなかったの」

「それは知っている。僕はきみを非難しているわけではない。事実を述べているだけだ」

エミリーはため息をついた。「キースは、これまでのつらかった人生の埋め合わせをしてやりたいとわたしに言ったの。でもほんとうは、仕事をしている妻を持つと自分のステイタスに傷がつくと彼が思っていたことには、そのうちに気づいたけれど」

エミリーは皮肉っぽい含み笑いをした。

「キースは、人を自分の思うとおりにさせる方法を心得ていたのよ。彼はわたしに、生まれて初めてだいじにされて愛されていると思わせたわ。それでわたしは、彼の望みどおり家にいる甘やかされた医師の妻を演じることになったのよ」

「よくわかるよ」ディロンはつぶやいた。そのころ、キースに言ったことがある。エミリーに対して不当な扱いをしていないかと。彼女は働きながら大学で学び、教師になるために努力してきた人なんだから、自己実現のチャンスを閉ざすべきではないと。だが、キースは笑いながら、名の知れた医師の妻としての経済的な安定と社会的地位は、収入の低い地味な教師をすることとは比べものにならないだろうと答えた。

「理由はどうであれ、きみは教師の資格を持っているわけではないんだ」

「それなら、事務職に就くわ。大学は出ているんだし、少しは有利なんじゃないかしら」

「それはそうだが、妊娠している女性を雇いたがる企業はほとんどないはずだよ」

「そんなの、不公平だわ」

「だが、現実は現実だ」

エミリーは奥歯をかみしめて視線をそらした。ディロンの言葉が正しいことはわかっているが、それを認めれば、さらに大きな無力感を抱くことになる。

彼女は宣言した。「何か探すわ。どうしても見つからなかったら、またウェイトレスをすればいいんだから」

「ばかなことを言うんじゃない！　一日中立ちどおしで重いトレイを運ぶ仕事なんて。きみのおなかには子供がいるんだよ」

エミリーは彼をにらみつけた。「わたしが忘れていると思うの？　ちゃんと考えているわ。ご指摘のとおり、ベビーとわたしには雨露をしのぐ住まいと食べ物が必要なのよ。なんでもするわ」

ディロンはいらだたしい思いで、かたくななエミリーの表情を見た。仕事に就くことを思いとどまらせることはできそうもないし、いくらそうしたくても経済的な助力を申し出たりしたら、彼女は怒り出してとんでもないことになるだろう。

「わかった。それだけの覚悟があるなら、引っ越したり、この家を売ったりする用事をすませて落ち着いてから、僕の会社で働くといい」

4

「えっ？」エミリーは驚いてディロンを見た。驚きだけではない。かすかに怒りさえ覚える。借金の肩代わりを断ったら、今度はわたしのために仕事を作ってくれると言うの？　冗談じゃないわ。

「ありがとう。でもけっこうよ。あなたの会社で働くことはできないわ」

「どうして？　地上二十階の高さでクレーンを操縦したり鉄骨を留めつけたりしろと言っているわけじゃないんだよ。事務の仕事だ。そうすれば、少なくとも一日中立っている必要はない」

「そう言ってくれたことには感謝するわ、ディロン。でも、施しは受けたくないの。誰からであろうと」

「どういうことだ？　僕は雇うと言っているんだよ」

「わたしのためにわざわざ仕事を作ってくれるんだとしたら、それは施しと変わらないわ」それに、わたしは自分の暮らしのことであなたに借りを作りたくないのよ。

「僕がきみに生活費を与えるためにわざわざ雇うと思っているのかい？」

「ええ、そんな気がするの。なぜかわからないけれど、あなたは責任を感じているみたいだもの。わたしの存在なんか七年間ほとんど忘れていたも同然なのに、なぜいまになってそう思うのか理解できないわ。キースがしたことに責任を感じているか、一族としての義務を感じているのだとしたら、それは見当違いというものよ。わたしは重荷になりたくないの」

「見当違いはきみのほうだよ」ディロンは氷のよう

に冷たい声で言った。「現場事務所のアシスタントから、忙しすぎて仕事がこなせないから誰か雇ってほしいと何カ月も前から言われていたんだ」

「なぜいままでほうっておいたの?」

「時間がなくてね」

「そういうことを扱う人事担当者がいるでしょう」

「それはそうだが、ガートは事業を始めたときからいっしょにがんばってきた仲間だ。特別扱いされて当然なんだよ。彼女からもう一人アシスタントを雇ってほしいと訴えられて、僕はそうすると答えた。ガートは人事部より僕の判断力を信用しているんだ。現場の事務所は小さいから、そこで働くスタッフはよほどうまが合わないとやっていけない。いままでに人事部が三人送りこんできたが、すべて、ガートを怒らせただけだった。最後の一人のときなど、絞め殺さんばかりの勢いだったな」

エミリーは瞳を見開いた。「ガートという人に問題があるように聞こえるけれど」

「ガートは率直で、理屈に合わないことを黙認できない人なんだよ。だが、心はとてもきれいな人間だ。もしもガートに気に入られたら、きみは生涯の友を得ることになる」

「彼女がわたしを気に入るかどうかわからないわ」

ディロンはきらめく瞳をエミリーに向けた。「だいじょうぶ。きっときみを気に入るよ。それから、僕の会社で働くなら、給与の分だけしっかり仕事をしてもらうから、そのつもりでいてほしい。さもないと、すぐさまガートに追い出されることになるよ。前任者のようにね」

「そう思えば慰めにもなるだろうというわけ?」

ディロンは肩をすくめた。「きちんと仕事をすれば問題はない。要は、自分にほかの社員と同等の必然性があることを示せばいいだけだ」

突きはなすような言葉だった。以前と同じ危険な光をたたえる瞳にも、冷たい表情にも、彼が事実以外のことを言っているという証《あかし》は見当たらない。懸念は無用だったようだが、それでもエミリーは敗北を認める気になれなかった。

「急ごしらえの仕事じゃないということはわかったわ。それでも、やはり、いいことだと思えないの」

「なぜだい?」

それはあなたがわたしを神経質にさせるからよ、とエミリーは心の中で答えた。それに、あなたがどんなにキースのしたことの埋め合わせをしてくれようとしても、実はわたしを好いていないということをわたし自身が知っているからだわ。

「身内という理由で優遇したら、ほかの社員に示しがつかないでしょう?」

「そんなことを心配しているのか」ディロンは頭をのけぞらせて笑った。「きみを連れていったらガートは大喜びしてキスするだろうし、男のスタッフは鼠《ねずみ》のふ——いや、鼠の鼻ほども気にかけないはずだよ。彼らにとっては事務所の中のことはまったくと言っていいほど関係ないからね」

「でも……」

「エミリー、理性的に考えるんだ」ディロンの声はいらだちを帯びてきた。「いまのきみの状態では、これ以上の話はないと思うよ。妊娠しているという理由で不利益をこうむることはないし、特別手当も出る。これは我が社に勤める妊娠中の女性社員がみんな受けているものだ。福利厚生も万全で、そこそこの給料が受け取れる」

実際の金額を聞いたエミリーは、疑わしげに眉根を寄せた。

「新入社員にはありえない額だわ。ほんとうにわたしのために特別に設定したのではないの?」

「どう言えば信じるんだ?」ディロンは額にてのひらを打ちつけて口の中で毒づいた。エミリーは初めて見る感情をあらわにした彼の姿に言葉を失った。

やがて、ディロンはゆっくりと手を下ろした。

「きみはどうして、ものごとをわざわざ難しくしようとするんだ？　僕はすべての社員にできるかぎりの額の給与を払っているんだよ。それが、いい人材を集めて手放さない秘訣《ひけつ》だ」

「でも、わたしがどの程度仕事ができるかわからないでしょう？　能力だって知らないんだから」

「きみが頭がよくて働き者だということは知っているよ。そうでなければ大学を卒業することはできなかったはずだ。それに、きみは正直で有能で、頼りになるし、誠実だ。引き受けたことは必ずやりとおすだろう。それだけ能力があれば充分じゃないか。あとはガートが教えてくれる。僕がわからないのは、なぜきみがこんなに抵抗するかということだよ」

次々と驚くような評価の言葉を聞いて、エミリーは呆然《ぼうぜん》とし、答えることもできなかった。わたしが頭がよくて有能？　キースはそんなふうに思ってくれたことはなかったわ。彼の能力に比べれば当然のことだけれど。そして、キースはわたしをお人形のような妻として扱っていた。

「あの……やはり、いっしょに働くのはいい考えだと思えないの。それだけのことよ」

ディロンは鋭い視線を返し、エミリーがじっとしていられなくなるほど長い間、見つめた。「敵どうしでもないのに？」低い声がエミリーの背筋をぞくりとさせる。

「ええ。でも、お友達というわけでもないわ」

エミリーは髪をかき上げた。どう説明したらいいのだろう。ディロンの近くにいるとわたしの人生に混乱を来すことになると、何かが――直感なのか本能なのかわからないけれど、何かが警告する。そんなことになってほしくない。混乱なんて、もうたくさんだもの。

エミリーはテーブルに肘をついて両手に顔を埋《うず》めた。ほんとうに、これからどうしたらいいのだろう？　頼れる人は一人もいない。

ああ、また、子供時代の境遇に逆戻りだわ。

エミリーは八歳まで母方の祖父母に育てられた。名前も知らない父について、英雄として戦死したと祖父母から聞かされていたが、その話は信じていない。母のデリア・コリンズは自分の都合で現れたり姿を消したりしていた。

祖父母が亡くなったあとは親戚《しんせき》の家を転々とした。どの家も家族として迎える気持ちはなく、義務感と世間体のためにしばらく面倒を見てくれただけだった。

再びドアの前に立ったとしても、快く受け入れてくれる家があるとは思えない。

つまり、わたしは一人ぼっちなのだ。一文無しで仕事もなく、妊娠している。しかも、万策尽きた状態で。

ディロンが尋ねた。「何が問題なんだ？　二つに一つの選択だと思うよ。運よく仕事を見つけられたとしても安い賃金で奴隷のように働くか、僕の会社で働くかだ」

エミリーは顔を上げて不愉快そうな表情を返した。

ディロンが片方の眉を上げる。「それで、どうするんだい？」

エミリーは唇を固く結んで彼の視線に耐えていたが、しばらくして肩から力を抜き、息をついた。

「わかったわ。その仕事をするわ」

ディロンは心からほっとした。ほんとうは彼女を綿でくるんでいやなことや心配ごとから守ってやりたいのだ。できるものなら、彼女には九カ月、何もせず、自分をだいじにして、赤ん坊の誕生を待つことだけに費やしてもらいたい。

それは僕が助けることを彼女が認めてくれないか

ぎり実現しないけれど。でも少なくとも、彼女はマグワイア建設で働くことになったんだ。これで、常に彼女に目を配っていることができる。

ディロンはいつものそっけない口調で言った。

「同意に達してよかったよ。これで資産の清算にかかれる」

「いますぐ始めるということ?」エミリーは目を閉じてこめかみをさすった。「一日か二日、待てないかしら? いまはその気持ちになれないわ」

「プレッシャーをかけたくはないし、きみの気持ちを察しないわけでもないが、ぐずぐずしている時間はないんだよ」ディロンはフォルダーを広げた。

「ラースンの記録によると、きみは十日以内に、月々の支払いといくつかのローンの返済をしなくちゃならない。二台の車と三箇所の不動産のローンだ」

「なんですって? たとえ、明日家が売れたとしても、それまでにそんなお金を用意することはできないわ!」

「わかっている。とりあえず、僕が支払っておこう。あとで返してくれればいい」

「ディロン、言ったはずよ。あなたにお金を出してもらいたくないの。それでは……」

「言っておくが、貸すだけだ。家が売れたら返してもらう」

「でも……」

「それしか道はないんだよ、エミリー。きみはこの負債をなんとかして、同時に食べていかなくちゃならないんだから」

エミリーは憮然《ぶぜん》としてディロンを見た。だが、移り変わる表情から、彼女が代わりの方法を探して見つけられず、失望していくようすが彼にはわかった。

エミリーはため息をついた。「あなたの言うとおりだわ」

「そうだろう? では、まず最初にすることは検認裁判所に遺言を提出することだ。僕の弁護士に電話をして、今日中に処理させるとしよう」

「今日中だなんて、そんなことができるかしら。ほかの仕事だってあるはずでしょう?」

「心配はいらない。それなりの金を払っているから。さて、次にするのは家を売りに出すことだ。遺言の検認が完了するまで、家もほかの資産も売ることはできないが、買い手の候補を確保しておくことはできる。きみに不動産業者の心当たりがないなら、友人を紹介しよう。ロイスという女性だが、なかなかの切れ者だし、こういう高級物件を中心に扱っている。きっと、満足のいく価格で仲介してくれるだろう」

エミリーは気乗りしないようすで答えた。「ええ。すぐに売れるなら、誰にお願いしてもかまわないわ。家具もおおかた、つけて売りたいの。小さなアパートメントに移ったら、少ししかいらないもの」

早ければ早いほうがいいとエミリーは思った。すぐにでもこの家を出て、裏切られた記憶と決別したい。そして、新しい住まいで自分と子供だけの生活を始めるのだ。もう決して嘘《うそ》つきの不実な男に心を傷つけられることのない生活を。

「わかった。ロイスに電話をしておくよ。彼女はビーチハウスも扱えないことはないと思うけど、そっちはガルヴェストンの不動産屋を見つけるほうがいいだろう。きみさえよければ、ヨットとポルシェとあのレクサスを売る手配も僕がしておくよ」

「もちろん、いいわ。お任せします」

エミリーがうつむきかげんで答えるのを見て、心の傷を察すると、ディロンの胸は痛んだ。そして、気づいたときには、手を伸ばして彼女の細い腕に触れていた。

エミリーはびくっとして飛び上がった。

彼女の瞳の表情がディロンの胸を切り裂いた。何年も思いを隠して、肉体的にも精神的にも慎重に距離を取ってきたが、そうすることで彼女に警戒心を植えつけてしまったようだ。それを取り去ることができるとしても、長い時間が必要だろう。まして、彼女はキースに裏切られている。男性に対して――特にマグワイア家の男に対して用心深くなっているとしてもなんの不思議もない。

ディロンは息をつき、目を見開いているエミリーに静かな視線を返した。「エミリー、きみはいま、傷つき憤慨して、混乱している。でもそれは当然のことだ。だが、きっと、すべてがうまくいく。請け合うよ」

それから六週間の間に、エミリーはディロンがいかに管理能力のある頼りになる人物であるかということを実感した。

彼はすぐに自分の弁護士ウォレン・プライスをエミリーの家に来させ、彼女にいくつかのサインをさせて、必要な書類を検認裁判所に提出させた。

そして、翌朝にはディロンの友人だという金髪のロイス・ニースンが香水を漂わせて現れ、竜巻のような勢いで家を査定した。

ロイスとディロンがかつて友人以上の関係であったことは彼女の態度で明らかだった。それにロイスが、いつつき合いが復活してもいいと思っていることもわかった。

エミリーはディロンがおおぜいの女性とつき合っていることは知っていたし、去年、地方紙でヒューストンの最も魅力的な独身男性十人のうちの一人として取り上げられたことも記憶に新しい。成功企業のオーナーでもあり、一流の男性で、そのうえハンサムで野性みがあって危険の香りがするとなれば、女性たちが夢中になっても驚くことではない。

それでも、実際にディロンが女性といっしょにいるのを見るのは初めてだったので、彼が好きなのはどんなタイプの女性だろうと、エミリーは好奇心を抱かずにいられなかった。

だが、しきりにディロンに媚《こ》びを売るロイスを見ているうちに、なぜか不快感を覚えた。ディロンがこういう積極的なタイプの女性に興味があるとは知らなかった。蓼《たで》食う虫も好き好きだわ。

だがディロン自身は、ロイスの流し目にも腕にすがりつくしぐさにも、いっさい反応を示さなかった。

ロイスが出した査定の金額が思ったよりはるかによかったので、エミリーは彼女に仲介を依頼することに決めた。ビジネスはビジネスだ。それに、ロイスも実力のある人物なのだろう。

ロイスは、さっそく翌日には買い手の候補を案内して家に現れ、それからも一日に一度は候補者を連れてきて、実力のほどを示した。

葬儀から二日間はみんなが遠慮してくれていたのか、電話はあまり鳴らなかったが、三日目になると、ディロンの現場監督やオフィスのスタッフ、銀行や関係業者などから頻繁に電話がかかるようになった。受話器を持って書斎を歩きまわりながら現場監督と話すようすから、かなり急を要する内容であることがうかがい知れるのに、ディロンは仕事に戻るとは言わなかった。

「エリック、きみ一人でなんとかできるだろう?」ディロンは受話器に向かって言い、相手の言葉を聞いてから続けた。「いや、戻るのはいつになるかわからない。なんとかがんばってくれ。それから、こまめに連絡してくれないか」

受話器を置いて振り向いたディロンは、戸口に立っているエミリーに気づいた。彼の表情が驚きから心配へ、そしていつものよそよそしいものに変わった。

「おうちに戻って、ディロン」エミリーは静かに言った。「あまり長い間、仕事から離れていてはいけないわ」

「しばらくなら僕がいなくてもやっていけるんだよ。スタッフは、皆、するべきことを心得ているから」

「それはそうでしょうけど、あなたを必要としている度合いはここより職場のほうが高いわ。いろいろしていただいたから、わたしはもうだいじょうぶよ。あなたには自分の生活に戻っていただきたいの」

「ちょっと待ってくれ。きみはまだ一人でやっていけないよ」

「いつかは、一人でやっていかなくちゃならないときが来るわ。あなたは永遠にここにいるわけにいかないのよ」

ディロンはエミリーが身じろぎしたくなるほど長い間見つめてから答えた。「たぶんね。だが、いまはまだいられる」

エミリーは大きく息を吐いた。「ディロン、失礼を承知で言うけれど、わたしは一人になりたいの。だから、帰ってほしいのよ」

ディロンは黙って彼女の表情を観察した。

「わかった。それがきみの望みならそうしよう。すぐに荷物をまとめる」

エミリーはディロンの車を見送りながら、かすかに罪の意識を感じたが、これでいいのだと自分に言い聞かせた。一人になってしまったのだから、一人でやっていかなくてはならない。

ディロンが自宅に戻れば今後彼の姿を見なくてすむと信じていたとしたら、エミリーは考えを改めなくてはならなかった。

ディロンは朝な夕なに電話をかけてきて、エミリーのようすを尋ねた。必要なものはないかと言い、家の売却の進行状況をきいたが、そのたびに低い声が彼女をぞくりとさせた。そのうえ、週に三、四回は帰宅の途中に立ち寄って、資産の清算の未決事項を処理し、エミリーが持ち出す荷物を選んだり荷造りしたりするのを手伝った。

エミリーの気持ちは相変わらず沈んでいたが、日がたつうちに、ディロンがさまざまな方法で彼女の肩の重荷を取り去って新たなストレスを寄せつけないようにしてくれていることに気づきはじめた。

ディロンはキースの衣類や個人的なものを処分したり、書斎にある書類を調べるというような面白くないことをすべて引き受けてくれた。さらに病院のキースのオフィスを片づけ、最後の報酬を受け取ってきてもくれた。病院の関係者は、葬儀のとき以来、ドクター・コンをのぞいて一人も連絡をしてこなかった。全員が、それまで友人と思っていた人々だった。

ほぼ四週間後に遺言の検認が完了し、同じころ、ディロンが二台の車とヨットとビーチハウスの買い手を見つけてくれた。売買に必要な事務処理もエミリーのサインを待つだけの状態にまで整った。

それから二週間もしないうちに家の売却契約が成立して、エミリーは予定どおりの金額を得て、一カ月後に明け渡すことになった。

予想外に早く売れたが、そうなると急いで転居先を探さなくてはならなかった。いまのエミリーに買えるのはベッドルームが一つのアパートメントがやっとだったが、それもディロンが見つけてくれた。かなりこぢんまりしているけれど、きれいで、ディロンが住むペントハウスからもさほど遠くないところだ。

「場所が便利だ」ディロンは説明した。「ポストオークにある本社まで、車で五分だし、建設現場にも十五分から二十分程度で着く。そこの仕事は一年三カ月続く予定だから、通うのに便利だろう」

ディロンが言ったとおり、家や車などを売却したことによってキースの膨大な額の負債を相殺でき、ディロンが肩代わりしてくれたお金も返すことができた。

思ったとおり、ディロンはすぐに返す必要はないと言った。エミリーの手元に翌月の生活費もおぼつかない額しか残らないと知ると、さらに固辞した。だが、エミリーも引き下がらずに借りた分を返済した。数週間の間にお互いの存在を容認できるような関係になってきたのはわかっていたが、それでも彼にお金を借りているのは負担でたまらなかった。

引っ越しの日の朝早く、ディロンは建設作業をしている何人かの若者を率いて現れ、エミリーの荷物を会社のロゴが入ったトラックに積みこんだ。そして、エミリーはお昼になる前に長い間暮らした家に鍵《かぎ》をかけ、一足先に新しい家に向けて出発したトラックのあとを追った。

一時間ほどしたころ、ディロンがキッチンへ入ってきて言った。「みんなの昼食に、ハンバーガーとフライドポテトを買ってこようと思うんだけど」

大きな段ボール箱に頭をつっこんでいたエミリーは新聞紙に包んだボウルを手に持ったまま顔を上げた。が、ディロンがかすかに目を見開いた気がしてフランネルのシャツの裾《すそ》を引っ張った。

自分がひどい格好をしているのだと思うとエミリーは顔が赤くなった。フレンチ・ブレイドの編みこみからほつれた巻き毛を払い、礼儀のために笑みを返した。「そうね。ありがとう」

ディロンはあたりを見まわした。いくつかの食器が重ねられ、パッキングに使ったしわくちゃの新聞紙が床に積み重なっている。

「重いものを持ち上げてはだめだよ、いいね？　それより、少し休憩してはどうだい？　ハンバーガーを買って戻ったら、僕が手伝うから」

彼はそう言い、エミリーが答える前にキッチンを出ていった。

エミリーは休憩するつもりはなかった。体を動かしていれば考えこまずにすむし、一カ月半以上もとらわれてきた暗い気分から逃れることができるからだ。

しかし、そのときになって、あらかじめ食器棚に食器棚用の紙《シェルフペーパー》を敷いておかないと、いくら荷ほどきをしても片づけることができないと気づき、上の食器棚のサイズを測るために靴を脱いでカウンターの上に上がった。

キッチンは小さいので、三十分もしないうちにキッチンの左側の食器棚のサイズを測り、きれいなブルーと白のシェルフペーパーを敷き終えることができた。そしてそのまま右側にかかろうとしたとき、大きな声が聞こえ、エミリーはびくっとした。

「何をしているんだ！」

エミリーが悲鳴をあげるのと、たくましい腕が彼女をカウンターからもぎ取るように下ろすのとは同時だった。

何がどうなったのかわからなかった。だが、気づいたとき、エミリーは彼に抱きかかえられていた。

5

エミリーは息を止めた。あまりに近くに顔があるので、彼の黒いまつげばかりか、青い瞳の虹彩《こうさい》の筋の一本一本まではっきり見える。彼の息が頬をくすぐっていた。

石鹸《せっけん》とアフターシェーブローションとかすかな汗がまじった彼の香りに包まれ、岩のように固い胸に抱きしめられていることに気づいたとき、エミリーの背中をふるえが駆け下りた。心臓が狂ったように打っていたが、彼女は理解できない不穏な感情を浮かべた青い瞳から視線を離すことができなかった。

わたしはいったいどうしたの？　なんだか、おかしい。体中の末梢《まっしょう》神経が急に目覚めたかのようにぞくぞくして、胸の頂さえも脈打っている。

「あ、あなた、何をしているの？」問いつめたつもりだったが、声がかすれて、意図したとおりにならなかった。

ディロンのしかめっ面がいっそう険しくなり、彼はうなるように言った。「何をしているかだって？　こっちこそききたいよ。きみこそ何をしていたんだ？　カウンターの上を歩きまわったりして、いったい何を！」

「歩きまわっていたわけじゃないわ。食器棚用の紙《シェルフペーパー》を敷いていたのよ」

「シェルフペーパー？」ディロンはあたりを見まわし、口の中で毒づいてから再びエミリーを見た。「ばかなことを！　落ちて首の骨でも折ったらどうするんだ？　赤ん坊にだって何かあるかもしれない。そういうことは考えなかったのか？」

「それほど運動神経は悪くないわ。ねえ、下ろしていただけない？」エミリーは小声で言い、ドアが開いたままのダイニングルームの戸口へ視線を向けた。「気づいていないの？　わたしたち、注目を浴びているのよ」

ディロンは振り向いた。エミリーが前の家のキッチンで使っていたテーブルに着いた社員たちが、ハンバーガーを食べながらにやにやしている。

ディロンは唇を引き結んだ。「ごめん」と言い、エミリーを床に下ろす。

エミリーは視線をそらしたまますばやく体を離し、シャツの裾《すそ》を引っ張って頬からほつれ毛を払った。「運動神経のことを言ってるわけではない。その状態であんなところに上るなんて、どうかしている」

「あら」エミリーはくるりと目をまわした。「いったいどうしたの、ディロン？　確かにわたしは妊娠しているけれど、病気というわけじゃないわ。何もできないわけでもない。シェルフペーパーを敷くくらい、いままでに何度もしていることだもの。注意しなくちゃならないことだってわかっていたわ」

「なんだってそんなものを敷かなくちゃならないんだ？」

若いころから独立心を養おうと心がけてきたエミリーだったが、闘争的な気持ちになったことはなかった。特にキースと結婚してからは、ついにアメリカ人なら誰もが憧《あこが》れる理想の暮らしを手に入れたと思ってうれしくて、いつもキースの言葉に従ってきた。そして、その結果がこのありさまだ。もうたくさんだった。これからは、自分の人生の舵《かじ》は自分で握って生きていく。誰がどう思おうと、かまうものですか。

「シェルフペーパーを敷くと常に清潔に使えるし、きれいに見えるでしょう？　わたしが敷きたいから敷くのよ。あなたが賛成してくれようとくれまいと」エミリーは顎をつんと上げて宣言してから、大人げなくディロンに向かって舌を出してみせたい衝動に駆られたが、かろうじてそれはこらえた。けれども急に感情が高ぶって、なんの脈絡もなく目に涙がにじみ、顎がふるえはじめた。最近は、どういうわけか、感情を抑えておけないのだ。

「まさか、泣くんじゃないだろうね?」ディロンが問いただすように言った。

ディロンの声にうながされるようにエミリーの目から涙があふれ、いくらまばたきしても、次々と頬へ流れ落ちはじめた。

「ああ、僕が悪かった。きみを叱《しか》るつもりじゃなかったんだよ。泣かないでくれないか、エミリー」

奇妙にも、ディロンの態度が優しくなったことがエミリーの感情をさらに高ぶらせた。

「エミリー、みんなの前で泣いたりしてはだめだ。わかるだろう?」ディロンが優しい声でなだめる。

エミリーは彼に背を向けて乱暴に頬の涙を拭《ぬぐ》った。

「向こうに行って。わたしは一人になりたいの。だいじょうぶだから。あとは一人でできるわ。あなたは、なぜここにいるの? わたしを快く思ってもいないくせに。わたしのことなんか、何一つ、認めていないくせに」止めようとすればするほど涙があふれてしまう。

「それは違う。僕はきみを、その……きみのことを……すばらしい人だと思っているよ」

「ほら、ごらんなさい。すらりと言うことさえできないじゃないの。帰ってちょうだい!」

エミリーはとうとう抗《あらが》うのをやめ、両手で顔を覆って子供のように泣きはじめた。

「エミリー」ディロンは彼女の肩をつかみ、自分のほうに体を向かせて抱きしめた。エミリーは初めは逃れようともがいたが、彼が腕をゆるめないと知ってあきらめ、たくましい胸に顔を埋《うず》めて、なぜ泣いているのかわからないまま泣きつづけた。

ディロンは彼女を抱きしめて頭の上に頬をのせ、優しく体を揺らした。「ああ、エミリー、そんなに泣かないで。具合が悪くなってしまうよ。シェルフペーパーを敷きたいなら、僕が敷いてやるから」

エミリーは彼の胸にさらに顔を押し当てた。「シェルフ……ペーパーのことじゃないの」

「わかっている。わかっているとも」

「ほ、ほんとうに？」

「そうだよ。きみはしばらくたいへんなことが続いて、今日はあのきれいな家からこの小さなアパートメントに引っ越したんだ。これからは、すべて一人でしなくちゃならない。やがて子供も生まれる。泣きたくもなるさ」

彼は一度言葉を切ってから少し声を低くして、親しみをこめた口調で続けた。

「妊娠すると情緒不安定になると聞いているが、ほんとうなんだね」

エミリーはぱっと目を開けた。彼はからかっているの？　そうよ。からかっているんだわ。だって、声が笑っているもの。

エミリーは信じられなかった。この七年間、ディロンはずっとよそよそしくて怖いだけだった。わたしに何か言うときにはいつもぶっきらぼうで無愛想なだけだった。キースが亡くなってから好意的にふるまおうと努力していたのはわかっていたが、それでもこんなに優しくてユーモアをたたえた声を聞いたことはなかった。

エミリーはまばたきして涙を払いながら考えこんだ。ディロンはいったい何をもくろんでいるのだろう？

マグワイヤ家の人たちは、いままで一度もわたしに家族の一員と感じさせてくれたことがない。義母のアデルは最初からあからさまに気に入らないという態度だった。もっとも、彼女の場合は、誰であろうとキースの結婚相手にふさわしいと思うことはなかっただろう。

シャーロットとはあまりいっしょに過ごす機会がなかったが、わたしに対して礼儀正しくはあったけれど、特別親しかったわけではない。もしかしたら、アデルに合わせているのかもしれない。

そんな家族のなかで、もっともわたしに疎外感を味わわせてきたのがディロンだった。その彼が、いまになって態度を軟化させたのは、なぜ？

気持ちは落ち着き、すすり泣きもほとんどおさまっていたが、エミリーは動きたくなかった。ディロンの腕の中にいると、なぜか守られている気がして安心で、それに……心地よいのだ。

エミリーは息を吸い、彼の胸に手を置いて体を引いた。ディロンの腕が離れるときにぞくりとしたが、体に広がる小さなふるえを無視して頰の涙を拭った。

「ごめんなさい。わたしは、いったい、どうしちゃったのかしら。ばかなまねをして」そう言って、ディロンのシャンブレーのシャツについた涙の染みを見た。「あなたのシャツをぬらしてしまったわ」

「そんなことはかまわない」ディロンは静かな声で答えた。胸のところで腕を組んで立ち、エミリーをじっと見ている。

また泣き出すかもしれないと思っているのかしら？　そうだとしても不思議はない。この七週間の間に二度も彼の胸で泣いてしまったのだ。知り合ってから初めてわたしが涙を流すのを目にしたのだから、彼はわたしが壊れてしまうのではないかと心配しているだろう。

エミリーの唇にかすかな笑みが浮かんだ。ディロンは、そうなったらどうしようと思っているんだわ。弟の未亡人の面倒を見なければいけないと義務を感じるものの、情緒不安定な女を押しつけられるのは困ると思ってぞっとした気分になっているに違いない。

「だいじょうぶかい？」

「ええ。たぶん、あなたが言うとおり、妊娠のせいで気持ちが高ぶっているのね。もう心配はいらないわ」

「それならいいが」ディロンはカウンターの上のシェルフペーパーのロールを手に取った。「そんなにこれを敷くことがだいじだというなら、始めるとしようか」

「わたしがするわ、ディロン。あなたに何もかもしてもらうわけにはいかないの。これからは、自分のことは自分でしなくちゃ。事実を受け入れて、新しい暮らしをスタートさせる必要があるわ」

「そうかもしれないが、頼むから、これだけはさせてくれないか？」

「でも――」

「どこに置きます、ミセス・マグワイア？」

その声に二人が振り向くと、戸口にエルドンが立っていた。ダイニング・テーブルの上はすっかり片づいている。彼らはいつのまにか食事を終えて、仕事に戻っていたのだ。

すぐにビリー・レイとハマーがずっしりした桜材の高脚式たんすを運んでリビングルームに入ってきた。そのあとに四柱式ベッドのヘッドボードを持ったJ・Cが続いている。

「さあ、指示を与えてやってくれ」ディロンはいつもの荒っぽい言い方に戻って言った。「僕は荷下ろしを手伝ってくる。ここはあとでもできるから」

三時ごろまでには荷物はすっかり運びこまれていた。ディロンは社員を帰して、キッチンの片づけに取りかかった。

床はエアクッションと新聞紙と空の段ボール箱で埋めつくされたが、七時にはキッチンの片づけは終了した。エミリーのコバルトブルーのガラス容器はカウンターの上に並んでいるし、柳のバスケット類も食器棚の上にのっている。彼女が集めている銅の菓子の型と青と白のデルフト焼きの陶板も、皆ディロンが壁にかけてくれた。

エミリーは家の中を見まわした。狭いし、まだなじめないけれど、自分のものがあるべきところにあるので冷たい感じはしない。

いらないものを段ボール箱に集めていたディロンが言った。「これを捨ててきたら、夕食に食べるものを買ってくる。残りの荷物は食事のあとで片づけよう」

「ありがとう。でも、その必要はないわ。これでキッチンとバスルームは終わったし、ベッドのシーツと毛布も用意したから、あとは明日、片づけるわ」

「明日？」

「ええ。わたし、ちょっと疲れたの。できたら、夕食は缶詰のスープですませて、シャワーを浴びて眠りたいと思って」ほんとうは、何も食べられそうもない。三十分ほど前から、このところ頻繁に感じるようになった吐き気がこみ上げている。

それにしても、つわりのことを朝の吐き気《モーニング・シックネス》というのはなぜだろう。ここ四週間の経験では、吐き気は四六時中襲ってくるように思える。おかげで、熟睡することができなくなった。

ディロンは彼女を見た。「そうかもしれないな。少し元気のない顔をしている。今日はたいへんだったからね。では、明日の朝、また手伝いに来よう」

「いいの。あとは一人でできるわ。それに、しまう場所をいちいち伝えて入れてもらうより、自分でしたほうが早いと思うし。いずれにしても残りはたいした量ではないから、明日一日で終わるわ」

ディロンに再び見つめられて、エミリーは肌がちくちくするのを感じた。

やがて彼はうなずいた。「わかった。きみがそうしたいというならそうしよう」
彼は何度も集積所との間を往復してごみを捨て、最後に戸口から出ていく前に、もう一度、じっとエミリーを見た。

ああ、神さま、とエミリーは胸の中でつぶやいた。ディロンはわたしを神経質にさせる。彼の近くにいると、どきどきしてしまうの。

彼女は顔色がひどく悪くなっていないことを祈りながら吐き気を抑えようと両手の指を組み合わせて、ディロンが出ていくのを待った。

「では、次に会うのは月曜日に現場事務所でということになるのかな?」

「そうね」

「その日の午前中は必要な書類に記入して、キースがいた病院で健康診断を受けてもらうことになると思う。会社が依頼するのは、いつもはドクター・ヤングかほかの一般医だが、きみの場合はドクター・コンに診てもらってもいい」

「その必要はないわ。いずれにしても、来週、検診予約が入っているし」

ディロンはうなずいた。「では、月曜日にきみが出社したらすぐ手配するようガートに言っておく」

沈黙が続いた。エミリーは喉にこみ上げてくる苦いものをのみ下しながらディロンが帰るのを待った。だが、彼は身じろぎもしない。

もう耐えられないと思ったとき、彼が言った。「現場への行き方は説明してあったかな?」

エミリーはうなずいた。すでに口を開ける自信はなくなっている。彼女は爪の跡がつくほど両手の指を握りしめた。

「仕事は八時から五時までだ。ガートに気に入られたいと思うなら、少し早めに出社するといい。ガートは遅刻が嫌いなんだ。最初から印象を悪くしないほうがいいと思うよ。ガートは一度つむじを曲げたらなかなか直さないから」ディロンはそう言ってカウボーイハットをかぶり、ドアを開けた。

エミリーはほっとして、流れこむ冷たい外気を吸いこんだ。

「では、月曜日に。ドアをロックしておくのを忘れないようにね」

エミリーはドアが閉まるのを待ってから飛びつくようにして鍵《かぎ》をかけ、口を押さえてバスルームへ駆けこんだ。

しばらくして口をすすぎ、顔を洗ったエミリーは、ぬらしたタオルを持ってバスルームを出ると、ベッドの端に腰かけた。嘔吐《おうと》はしたものの、完全に吐き気がなくなったわけではない。ということは、これからしばらく不快な時間を過ごさなければならないということになるのだ。こういう状態は、すぐに終わることもあれば、何時間も、ときには何日も続くことがあった。

最低のタイミングだわ、とエミリーは思った。仕事の初日に、睡眠不足で疲れはてた顔をして出社しなければならないなんて。

彼女はゆっくりと部屋に視線を巡らせた。殺風景な白い壁、窓を覆う味気ない縦型ブラインド。安物のベージュのカーペットの上に積み上げられた、まだ開けていない段ボール箱。まるでバラックのようだ。エミリーはそう思ってため息をついた。

またも涙があふれるのを止めようと唇を固く引き結ぶ。いよいよだわ。これから、わたしの新しい生活が始まるのよ。

キースが亡くなってもうすぐ二カ月。その間、彼が残した問題の後始末に費やしてきた。それがやっと終わったのだから、今日がわたしの新たなスタートの日だ。

もう一度、部屋を見まわした。皮肉なことに、ここは、なんとか卒業までがんばろうと働きながら学んでいた学生時代の部屋にそっくりだ。

　エミリーはふっと息をつき、唇に弱々しい笑みを浮かべた。七年間、従順な妻の役割を演じて過ごした末に、元の状態に逆戻りしてしまったわ。キースとの結婚生活は途方もない時間の無駄遣いだったというわけだ。

　でも、ただ一つ、彼が残してくれた贈り物がある。そう思って、エミリーはそっとおなかに手を当てた。だが、そのとき、また吐き気が襲ってきて、エミリーはうめき声をもらしながら体を丸めてベッドに倒れこんだ。

　ディロンのアドバイスがあったので、エミリーは月曜日の朝、早めに家を出たが、それでも遅刻をしそうになった。

　ディロンの会社が建設中のショッピングモールはヒューストンの西の端の、住宅やオフィスが新しく建てられている地域にあった。何エーカーにもおよぶ広い敷地だが、いまはまだでこぼこの地面の上にコンクリートの大きな塊があるだけという感じだ。エミリーは敷地に沿って車を走らせたが、行き過ぎたことに気づいて引き返し、やっとマグワイア建設の看板を見つけて、大きなコンクリートミキサー車のあとから敷地に入っていった。

　そこには大きなクレーンが二基と、名前さえ知らない重機が置かれていた。コンクリートブロックの上に据えられた長方形の箱のような仮の建築物がいくつかあるが、事務所らしき建物は見つからない。

　敷地の一角に、ピックアップ・トラックや型の古い車がごちゃごちゃと停《と》められている場所があった。

　エミリーは一台のトラックの隣に車を停めて窓を開け、荷台から道具箱を降ろしているヘルメットの男に尋ねた。「すみません。事務所はどこでしょうか?」

男は、グレープフルーツくらいの大きさの力こぶのある腕で、重たい道具箱を軽々と持ち上げたまま振り向いた。ディロンと同じくらいの年齢で、かなりのハンサムだ。エミリーを見た目に、たちまち好奇心が浮かんで輝きはじめる。「事務所だったら、右手の一番手前がそうだよ」

「ありがとう」

「ほかに何か役に立てることはないかな?」彼は道具箱を地面に下ろし、エミリーの車の上に片手を置いてセクシーな笑みを向けた。「僕はグラディ・ウィリアムズ。ここの現場主任の一人だよ」

エミリーはまばたきをして彼を見た。キースの知り合いの医師や医業に携わる専門職員のなかにも気を引こうとする者がいたが、洗練された巧妙な方法を使った。これほど大胆でストレートな気持ちを見せられたのは久しぶりだった。

「ありがとう。でも、けっこうよ。事務所の場所を知りたかっただけなの。教えてくださってありがとう」エミリーはそう言い残し、失礼に当たらない程度に素っ気ない態度に見えることを願いながら、教えられた建物のほうへ車を発進させた。バックミラーに、腰に手を当てて無邪気にほほえみながらこちらを見ているグラディの姿がいつまでも映っていた。

エミリーは首を振った。キースに裏切られたせいで自分が誰にも愛されない魅力のない女であるような気分になっていたけれど、もしかしたら、マグワイア建設で働くことは、傷ついたプライドを回復させるのにいいのかもしれない。

事務所に足を踏み入れたとき、壁の大きな時計は八時一分前を示していた。ディロンはいなかったが、白髪まじりの女性がデスクに着いていた。一瞬、その人の瞳に驚きが浮かんだような気がしたが、確かめる前に消えていた。

エミリーはふるえはじめるのではないかと思うほ

ど緊張していた。仕事をするのはほとんど十年ぶりと言ってもいい。

今朝は五時に起き、ブローで髪を整え、メーキャップも念入りにしてきた。初日だからと思って、エレガントな紺色のスーツとクリーム色のシルクのブラウスを身に着けたが、スラックスとセーターというその女性のカジュアルな服装を見て、失敗だったと気づいた。ああ、これで、ワン・ストライクだわ。そう思うとがっかりして、戸口に立ったまま次の足が踏み出せなかった。それでも、落ち着こうと自分に言い聞かせて口を開いた。「おはようございます。エミリー・マグワイアです」

「そうだと思ったわ」白髪まじりの女性は勢いよくうなずいた。「今日から仕事を始めてくれるとディロンに聞いていたから。やっと、と言わざるをえないわね。ディロンがこの仕事をあなたにしてもらうんだと言い張るので、不自由しながら二カ月も待っていたのよ」

「あの……申し訳ありません」

「あなたのせいではないわ。ご不幸があったことは知っているの。早く立ち直ってくれるといいと思っているわ。わたしはガート・シュナイダーよ」

「そうだと思いました」エミリーは、さっきガートが口にした言葉を返した。

ガートが顔を上げた。エミリーは頭を起こして彼女に視線を返した。わたしは反抗的な人間でも好戦的な人間でもないけれど、簡単に言いなりになる人間でもないわ。

ガートは首を傾け、興味深げにエミリーの赤褐色の髪からイタリア製のパンプスを履いた足まで視線を走らせてから、彼女の目を見つめた。「あなたには懸念を抱いていたんだけれど、誤解だったとわかったわ」

「まあ」エミリーは挑戦するように片方の眉を上げ

た。「どういう懸念だったのでしょう?」

ガートはためらった。「ほんとうに知りたいの?

わたしは率直な物言いしかできないたちなのよ」

「うかがいたいです」

「それなら言うわ。あなたのことを、夫に守られた裕福な妻のライフスタイルにどっぷりつかって、夫の浮気や浪費にわざと目をつむっていた人じゃないかと思っていたのよ」

それはいままで聞いたなかで最も手厳しい言葉だった。まるで、もう一度裏切りにあったような気分にさせられ、エミリーは毅然《きぜん》とした声で言った。

「わかりました。わたしの夫のことをディロンがお話ししたんですね」

「まさか」ガートは鼻で笑った。「あなたはディロンのことがわかっていないのね。彼ほど口の堅い人はいないわ。たとえスフィンクスだって、彼からその手の個人的な情報をきき出すことはできないわよ。

でも、その必要もなかったけど。あなたのご主人と浮気相手のゴシップは、新聞に載っていたから」

エミリーは眉根を寄せて記憶をたどったが、思い当たることはなかった。でも、そういえば、キースが亡くなってしばらくは新聞を読んでいなかった。ひょっとして、わたしを傷つけないために、ディロンが新聞を目につかないところへ遠ざけていたのだろうか。

ガートは強い口調で続けた。「それから、あなたが仕事をするのは、ただお金が必要だからという理由のせいだと思っていたわ。ご主人の浪費ですべてがなくなってしまったからなのだと」

「そうですか」

「でも、考えを変えたわ。少なくとも、あなた自身に関しては。無邪気なかわいい顔をしているのに、芯《しん》が強そうね」ガートはもう一度、エミリーを上から下まで見た。「あなたなら、きっと立派にやっていけるわ」

「ありがとうございます。うれしいです」エミリーは答えた。ガートが真摯《しんし》な声音を聞き取っていれば、エミリーが言葉どおりの気持ちでいることがわかっただろう。

「ところで」ガートはきびきびした口調で続けた。「保険会社の決まりで、社員は入社時に全員、健康診断を受けることになっているの。ディロンからドクター・コンに予約を取るようにと言われているけれど」そこまで言ってエミリーの顔を見た。「ドクター・コンというのは初めてだわ。ふつうは、一般医のドクター・サンダースかドクター・ウェストンのどちらかなの。ドクター・コンはあなたのかかりつけなの?」

「ええ、そうなんです」

「そう。いずれにしても、予約は九時よ。この書類に必要事項を書き終えたら、すぐに出かけてちょうだい」ガートは書類を手渡して、別のデスクを示した。そこがエミリーの席ということなのだろう。

エミリーが書類を書き終わったとき、ガートは鉄筋か何かの発注もれについて電話の相手を叱《しか》りつけていた。電話が終わるのを待つ間、エミリーはあたりを見まわすことができた。

事務所のスペースはトレイラー全体の三分の二ほどを占めている。ファイバーボードでできた白い壁とグレーのリノリウムの床で囲まれた、これ以上ないほどシンプルな部屋だ。そこにふつうのオフィスにあるような備品が並んでいる。二つのデスク、それぞれの机の上にコンピューター、そしてプリンター、ファイルキャビネット、コピー機、ファクシミリ、製図台。片隅は簡単なキッチンになっていて、コーヒーメーカーと小型の冷蔵庫が置かれていた。

隣の部屋に続くドアが開いている。たぶん、ディロンの仕事部屋だろう。反対側にあるドアの小さな標示には、化粧室と書いてある。

豪華な事務所とは言えないが、機能的で、現場が変わるたびに次々と場所を変えることを考えると、たぶん実用的でもあるのだろう。行ったことはないが、マグワイア建設の本社はポストオーク・レーンにあり、自社が建築に携わった高層ビルの中にあるということだ。だが、飾らないディロンには、このシンプルで実用的な事務所のほうがふさわしいように思える。

ガートが電話を切ったとき、トレイラーのドアが開いてディロンが入ってきた。そのとたんに部屋が狭くなったように感じた。

ジーンズにシャンブレーのシャツとデニムジャケットを身に着けてヘルメットをかぶったディロンは、いつもよりさらに大きく見えた。

彼はすぐにエミリーに視線を向けた。「エミリー、留守にしていて悪かった。コンクリートの送り出しにちょっとした問題が起きて、なんとかしなくちゃならなかったんだ」

「いいのよ。特別扱いは望んでいないわ」エミリーは、ガートがいるので強調して言った。「それに、ガートがいてくれたから。わたしたち……少しお話ししたわ」

「それでもきみはまだここにいるのかい？　それは驚いたな」ディロンはそう言ってガートのほうを見た。目にいたずらっぽい光が浮かんだ。「ふつうなら、この〝おばさん〟は新人を仰天させたあげくに追い払ってしまうんだが」

「わたしはそんなことしないわよ」ガートが言った。

彼女は明らかにこのやりとりを楽しんでいる。

「彼女の言葉を信じちゃだめだよ。これまで何度派遣スタッフを雇おうとしても、だめだった。彼女の毒舌にさらされて、五分もしないうちに逃げ出してしまったんだ」

「嘘《うそ》ばっかり。三週間もった人だっていたわよ」

「驚きの最長記録だ」

「ふん。辞めてくれてせいせいしたわ。みんな、見かけ倒しの能なしの怠け者ばかりだったじゃないの。わたしは怠け者にも空っぽ頭にも我慢できないのよ」ガートはエミリーにちらりと警告のまなざしを向けた。

ディロンはエミリーに視線を戻した。「健康診断の予約は何時だい？」

「九時よ」エミリーはバッグを持って立ち上がった。「遅れないつもりだったら、もう出かけなくちゃいけないわね。あの……では、またあとで」彼女は背中にディロンの視線を意識しながら急いで部屋を出た。

ドアが閉まると、ディロンは窓のところへ行ってエミリーが出かけていくのを見守った。メタリックゴールドのキャデラックがでこぼこの地面を進み、ウエストハイマー通りへと出ていく。

「彼女は知っているの？」ガートが静かに尋ねた。

ディロンは交通の流れにのみこまれるキャデラックから視線を引き離して振り向いた。「何をだい？」

「あなたが彼女に恋をしているっていうことをよ」

6

「なんだって？　おかしなことを言わないでくれよ」ディロンは視線をそらした。「どこをどうしたら、そんな考えが浮かぶんだ？　僕はエミリーに恋なんかしていないよ」

「わたしに嘘《うそ》をつく必要はないわ。ジェレミーとあなたが泥だらけになって遊んでいるころから、二十六年のつき合いのわたしに。あなたは自分の家より、うちで過ごした時間のほうがずっと長かった。わたしは傷に絆創膏《ばんそうこう》を貼《は》ったり、涙を拭《ふ》いてやったり、必要ならお尻だってたたいたわ。実の息子同然よ。あなたの気持ちは手に取るようにわかるの」

それは事実だった。ガートとは、ディロンが七歳のときに一家でシュナイダー家の隣に引っ越して以来のつき合いだった。ガートの息子のジェレミーは同じ年だったので、すぐに親友になった。

ジェレミーと仲がよかったこともあったが、温かくて母性的なガートの態度やにぎやかでぬくもりのある隣家の雰囲気に抗《あらが》いようもなく惹《ひ》かれた。十七、八歳になるまで、シュナイダー家は母アデルの冷たさや閉鎖的な雰囲気から逃れる格好の場所だった。

アデルはガートと彼女の夫カールにいい印象を抱いていなかった。学歴も社会的地位も自分より下ととらえてつき合いを避けていたが、ディロンがジェレミーと親しくすることをやめさせようとまではしなかった。たぶん、自分の資質を受け継いでいない息子だと思っていたからだろう。

アデル同様、大学教授だった父親のコリン・マグワイアは、妻ほど批判的ではなかったが、性格の強さも妻ほどでなかったため、さほど影響力はなかった。そして、キースと同じ浮気性だった彼は、家族への義務だけは果たしても、二人の息子に充分に目を向けることはしなかった。

ディロンに対して母親らしいことをしてくれたのはアデルではなくガートだった。ことに、ジェレミーが軍の任務の最中に十九歳で亡くなってからというもの、ガートは母親としての愛情のすべてをディロンに注いできた。

ディロンは子供のころに感情を外に表さないことを学んでいた。悲しんだり怒ったりしてみせてもアデルをさらに怒らせたり非難させたりするばかりだし、弱みをキースに悟られたら攻撃目標にされるだけだったからだ。ガートは、そんなディロンが心の内や夢や希望を打ち明けられる唯一の相手だった。

それでも、エミリーへの思いをガートに話すつもりはなかった。いまはまだ、そうしたくない気分だった。「今度だけははずれたようだね」

「嘘《うそ》をおっしゃい。それなら、エミリーを見るときのあなたの表情をどう説明するの？　恋する男そのものじゃないの」

「まさか」ディロンは視線を彼女に向けた。

「だいじょうぶ。エミリーは気づいていないわ。ほかの人もね。気づいているのは、あなたのことをよく知るわたしだけだと思う」

ディロンはぶるっと体をふるわせて目を閉じた。長い間、エミリーに対する気持ちは誰にも悟られずに過ごしてきた。おそらく、キースを除いては。だが、やはりガートだけはあざむけなかったのだろうか。

エミリーがこの気持ちに気づくのはいつだろう。そう思うと、苦痛に襲われた。この七年間は、できるだけ彼女を避けたり素っ気なくすることで気持ちを隠して過ごしてきた。

だが、これからはエミリーが週に五日ここに来て働くことになるのだ。ああ、なぜ、彼女を雇う前に、このことに気づかなかったんだろう。

ディロンはため息をついて首の後ろをさすった。もう遅い。いまさらなかったことにするわけにはいかないし、彼女は仕事を必要としているのだ。

それに、エミリーを見守って面倒を見るためには、ここに来させておくことが必要だ。

「どう？」ガートが尋ねた。「認めるの、認めないの？」

「認めるも何も、ほんとうになんでもないんだよ」

ディロンはコーヒーメーカーの前まで行ってマグカップにコーヒーを注《つ》ぎ、一口だけ飲んだ。ガートはデスクに頬杖《ほおづえ》をついて疑いのまなざしを向けている。

「キースのほうが先にあの娘《こ》に会ってしまったのが間違いだったのね。あなたとエミリーなら、すばらしいカップルになったと思うのに」

「キースのやつ。エミリーをあんな目に遭わせて……」思わず言ってしまってから、ディロンははっとした。こんなことを口にするつもりなどなかったのに。「ガート、この話はもうやめよう」彼はそう言って自分の部屋へ向かいかけた。

ガートはすかさず立ち上がり、ディロンについてきた。「やめるわけにはいかないわ」

ディロンがデスクに着くと、ガートは向かい側のソファに腰を下ろし、腕を組んで険しい視線を向けた。

「さあ、真相を究明しましょうか」

ディロンは天井を仰いだ。「仕事はしないのかい？」

「もちろんするわよ。でも、あなたにとっては、この話をすることが必要なのよ。あなたが長すぎるほどの時間この秘密を心にしまってきたということを、神さまはご存じだわ。わたしだって、あなたが誰かに報われない恋をしているということに気づいていたのよ。もっとも、それがキースの奥さんだったとは思ってもみなかったけれど」

「僕もガートがそんなとんでもない想像をしているなんて思ってもみなかったよ。いったい、どうしたら、そういう結論になるんだい？」

「たいして難しいことではないわ。どんな美女が近づいてきても、あなたはちっともその気にならかったでしょう」

「そんなことはない」

「わかっているでしょうけれど、その場かぎりの体の関係のことを言っているんじゃないわよ。男として健全な欲求があるというのはわからないわけじゃないけれど、そういう理由でベッドをともにすることはなんの意味も持たないのよ。あなたは、そういう人たちには表面の部分しか、かかわらせていないでしょう」ガートは声をやわらげた。「それで、あなたの中には誰かがいるってわかったのよ。何かの理由で決して自分のものにならない誰かを愛しているんだとね。その、感情を持っていないかのような強くて揺るぎない外見の下に、あふれんばかりの愛を抱くあなたがいる。ほんとうのあなたは、誰も愛さずに人生を送ることなどできないわ」

言い終わると、ガートはじっとディロンを見つめた。静かな瞳が、否定できるものならしてみなさいと告げている。ジェレミーとディロンが〝エックス線照射〟と呼んでいた、彼女が昔から使う戦術だった。まるで頭の中を見られ、心を読み取られてしまったような気分になってしまう。そして、その瞳が子供たちに白状させることに失敗したためしはなかった。

ディロンはもう子供ではなかったが、結局は耐えられず、苦い顔で敗北を認めた。

「わかったよ。ガートの勝ちだ。そのとおり、僕はエミリーに恋をしているんだよ。七年前に初めて会ったときからね。これで満足かい？」

「まだよ。さあ、話して。どんなふうにして出会ったの？」

ディロンはうめいて、両手で顔をこすった。もうだめだ。ガートは猟犬のようにしつこいから、一度かみついたら放してはくれない。

「キースと昼食をとろうと病院へ行ったんだよ。エミリーは母親の午前中の診察についてきていて、数分前にキースと会ったところだった」

「エミリーのお母さんは癌《がん》だったの？」

「そうだよ」ディロンは考えこむように遠くを見つめた。「僕の知るかぎりでは、デリア・コリンズは母親と言える存在ではなかったらしいけどね。エミリーは、それまでほったらかしにされていたにもかかわらず、母親が乳癌にかかっていると知ると手を差しのべた。まだ二十二歳で大学に通っていたんだが、母親が亡くなるまで献身的に世話を続けたんだ」

「そう。どんな扱いを受けても血のつながりは強いということなのね。あなたとキースのことを考えてごらんなさい。キースはどう見てもいい弟だったとは言えないわ。でも、あなたはいつもキースにつくしてきた。違う？」

「そうだね。そうかもしれない」ディロンは沈んだ声で同意した。

「話を続けて」

ディロンはガートをにらみつけた。だが、それでひるむようなガートではなかった。

「カフェテリアで見かけたとき、キースはコーヒーを飲みながらエミリーにデリアの病状の説明をしていた。紹介されて、僕は息をのんだよ。もしキースがいなかったら、その場でデートを申しこんだだろうな」

「でも、キースのほうが先に会っていた。それで、先手を打たれたのね」

「正確に言うと、少し違うんだ。キースは初めのうち、エミリーのことを単なる患者の家族としてしか見ていなかった。だが――」

「わかったわ。あなたがエミリーに惹かれていると知って、急にその気になって、あなたにチャンスが巡ってくる前に奪い取ったのね」

「そんなところだ。僕はエミリーに惹かれていることを悟られないようにしていたんだが、キースに感づかれたらしい」

「例外はなかったってことね」

「キースのことだからね」ディロンはこみ上げる感情とは裏腹の冷静な声でつぶやいた。

母アデルの育て方のせいで、キースはすべてが自分を中心にまわっていると思うようになった。アデルは極力望みをかなえるようにしてきたが、それでもキースは満足しなかった。キースのナルシシズムには狡猾《こうかつ》や加虐の傾向が見られた。アデルはそれも健全な闘争心の表れだと言っていた。

キースは、それまで興味がなかったものでも、ディロンがほしがっているのを知ると、いつも先まわりして自分のものにした。最後の一つになったクッキー、おもちゃ、服。そして、大きくなってからは女の子。

キースにとってはゲームのようなものだったのだろう。あの容貌《ようぼう》と魅力をもってすれば、一見怖そうで、見ようによっては陰気にも思える兄を出し抜いて女の子をかすめ取るくらい、簡単なことだったのだ。

多少のいざこざはあっても兄弟の不和にまで発展することがなかったのは、ディロンがそれまで――エミリーに会うまで、本気で恋をしていなかったからとも言える。

いずれにしても、怒ったり動揺したりすればキースをさらにその気にさせるだけなので、ディロンは何かをほしいと思ったときには気持ちを隠して無関心を装うことにしていた。エミリーに初めて会った日も慎重に反応を隠したつもりだったのだが、それでもキースに知られて奪い取られてしまった。

「それでエミリーはキースの恋人になり、妻になった。それだけのことさ」

「わからないわ。キースはあなたから奪いたいというだけの理由でエミリーと結婚したの？　いくらなんでも、それは疑問だわ」

「キースも彼女が好きになったんだと思う。少なくとも、自分以外の人間を愛することができたというわけだね」

おそらく、キースは家庭を持ちたいというエミリーの願望に気づき、それを利用して心をつかんだのだろう。

キースは、夢をかなえてやりさえすればエミリーが自分に感謝して、面倒なことを言ったりそれ以上の要求をしたりしないだろうと考えたのだ。そして、美人で魅力的な彼女なら、新進気鋭の若い医師の妻に望まれるイメージにぴったりだと思ったに違いない。

意地の悪いことを考えるのはいやだが、何度考え直しても、結局、こういう推測しかできない。

「それで、エミリーはあなたの気持ちを知っているの？」

「知らない。まったく知らないはずだ」ディロンはガートに人差し指を向けて注意した。「僕はこれからもこのままでいたいんだ。いいね？」

ガートは憤慨したように息を吸いこんだ。「わたしがあなたを裏切ったことがあるかしら？」

「一度もないよ。だが、このことは本気だと知っておいてもらいたいんだ。彼女にほのめかすようなことは絶対にしてもらいたくない。もしも彼女が知ったら、彼女も僕も仕事がやりにくくなって、たちまち困った立場に追いこまれる」

「まあ、わからなくもないわね。エミリーはご主人を亡くして間もないし」

「それもそうだが、僕はいまだけのことを言っているのではないんだよ。永遠に彼女に知らせるつもりはないんだ」

「どうしてなの？　エミリーはまだ若いわ。悲しみが癒《い》えて問題を乗り越えたら、ほかの人を愛そうという気持ちにもなるはずよ。それがあなたでも、かまわないんじゃない？」

ディロンは皮肉な笑みを浮かべた。「そういうことにはならない」

「なぜ？」

「一つには、彼女が僕の弟の未亡人だからさ。あれだけの目に遭った彼女が、もう一度誰かを愛する気持ちになるかどうかわからない。まして、マグワイアの名前を持つ男なんか……」

理由はまだあった。彼女が妊娠しているからだ。そして、同じ部屋にいることさえ我慢できないほど僕を嫌悪しているからだ。いま僕の口からエミリーが妊娠していることを言うわけにはいかない。それに、ここで彼女は僕を嫌っているなんて口にしたら、ガートはたちまち小熊を守る母熊《ぐま》に変身してエミリーを敵扱いしかねない。何があっても、ガートにエミリーを嫌わせることだけは避けなくてはならないのだ。

「エミリーは頭のいい人だと思うわ。だから、キースのことであなたまで悪く思ったりしないんじゃないかしら。あなたとキースは少しも似ていないもの。彼女だって、そんなことくらい、わかっているはずよ」

「そうとは思えない」ディロンは答えたが、ガートが最初から兄弟の違いを見破っていたことを思い出して唇に笑みを浮かべた。

初めのうちはキースも、ディロンについてシュナイダー家に行っていた。だが、そこでは注目の的でいることができなかった。ガートは決して彼を王子さまのように扱わず、すぐに機嫌を悪くしたり無理な要求をしたりする態度を許さなかった。とうとうキースはディロンといっしょにジェレミー家の仲間入りすることを断念し、それ以来、隣家に対してはアデルの姿勢を見習うことに決めたのだった。

「おばかさんね。彼女を愛しているなら、意地を張っていないで行動を起こすべきよ。もう一度、誰かにさらわれないうちにね」

「そう簡単にはいかないんだよ。いろいろあってね。僕の口からは言えないこともあるんだよ。だから、そんなにけしかけて苦しめないでくれないか」ディロンはガートに追及される前に急いでつけ加えた。そして丸めた設計図を棚から抜き取ってデスクの上に広げ、ちらりとガートを見た。「そろそろ仕事をしないか?」

「あなたがそうしていたいなら、それでいいけれど」ガートは厳しい口調で言って立ち上がり、戸口へ向かった。だが、途中で振り向いて言い残した。「エミリーが若くてきれいな女性だということを忘れないようにね。ほかの男の目だって節穴じゃないわ」

ディロンはガートが消えた戸口を見つめた。巻き戻っていく設計図をそのままにして椅子を回転させ、窓の外に視線を向ける。

遠くでコンクリートミキサー車が列を作り、積み荷を降ろす順番を待っていた。ヘルメットとゴム靴姿の作業員たちが木枠の中に組みこまれた鉄骨の上にセメントを広げ、新たな基礎を作っていく。ディロンは意味もなくミキサー車の数を数えはじめたが、思いはガートの手厳しい忠告へと向かっていた。

エミリーがほかの男に恋をするなんて、考えてもみなかったことだ。いまだって、とても受け入れられるものではない。こうしているだけで、物でも人でもいいから殴りつけたいような、たまらない気分になってくる。

だが、エミリーに気持ちを打ち明けるということは、いままで考えたこともなかった。少なくとも、意識の上では考えなかった。これまでは、ただ彼女の世話をして苦しみを少しでもやわらげてやろうとし、キースが残した問題を片づけることで忙しくて、自分が行動を起こすなどということに考えがおよばなかったのだ。

あるいは、その可能性があると考えること自体、怖かったのかもしれない。もちろん、できるものなら エミリーと二人で人生を歩んでいきたい。隠し立てすることなくエミリーに愛をささげ、彼女から愛を返してもらえるというなら、すべてを失ってもかまわない。

しかしその前に、おなかの子供に関する真実を告げなければならないという難関が立ちはだかっている。

彼女をあざむいてきたことに対して罪悪感を抱いている。だが、キースが亡くなってしまったいま、沈黙を守りつづける義務があるのだろうか。

キースの死を知ったときから、エミリーに話す必要があるとわかっていた。だが、直面したくないばかりに、いままで棚上げしていた。

ディロンは歯を食いしばり、椅子のアームに拳《こぶし》を打ちつけた。キースめ！ よくもとんでもない問題を作ってくれたものだ。ディロンは鼻梁《びりょう》を押さえてうめき声をあげ、この世にいない弟を呪《のろ》った。もしもキースがこの状態をどこかで見ているとしたら、間違いなく高笑いしていることだろう。

結婚以来、キースにはわざとエミリーとディロンが顔を合わせる機会を作って喜んでいたふしがあった。二人がお互いに対して堅苦しい態度をとるのを見て面白がっていた。エミリーも僕も、ほんとうに居心地が悪かった。

いや、その表現は正確とは言えない。確かにエミリーのそばにいると身を切られるようにつらかったが、その一瞬、一瞬は、僕にとってはまるで宝物のようだった。

キースに対する気持ちは七年間、兄弟としての愛情と憎しみの間を行ったり来たりしていた。最後の一年は並大抵ではなかった。

キースが子供を作れない体であることは彼がメディカルスクールに入ったころに打ち明けられていた。だから、エミリーにも結婚前に話しているものと思っていたのだ。だが、後にエミリーが子供を望んでいると話すのを聞いて、キースが事実を伝えていないと知った。

ほうってはおけず、初めてキースと向き合ったが、あのときの彼の反応を思うと、いまでも怒りがこみ上げてくる。

キースはエミリーに話すつもりはないとあっさり答えて笑った。〝心配することはない。しばらく子供ができなければ、そのうちにあきらめて忘れるよ。たいしたことじゃないさ〟

妻の気持ちをそこまで軽んじるとは、なんという無神経な態度だろうと思った。怒りのあまり、気づいたときにはキースの頬を殴っていた。

〝エミリーの代わりだ！〟ディロンが歯を食いしばったまま言い渡すと、キースは肩をすくめた。

〝わかったよ。エミリーに子供を与えてやることにする。方法ならいくつかあるから〟

養子をもらうことを言っているのだろうと思い、

ディロンはそこで追及をとどめた。

だが、しばらくして、エミリーが子供を持つ夢を捨てていないと知って疑念がわいた。問いただすと、キースは、むしろ待っていたかのようにそれを認め、原因は自分にあると知りながら、エミリーにさまざまな検査を受けさせていた。

そして、あろうことか、人工授精に使う精子を内緒で提供してくれないかと持ちかけてきたのだ。

驚き、激怒する兄を見ても、キースはいっこうに意に介さず、見当違いの反論を口にした。〝何がいけないんだ？ 僕たちは同じ両親の遺伝子を受け継いでいる。外見だってよく似ているじゃないか。どっちの子供か、エミリーにも判断はつかないよ〟

〝僕はかかわりたくないと言っている。どうして僕にそんなことを頼めるんだ？ いや、それ以前に、なぜ、エミリーにそんな仕打ちができるんだ？〟

〝エミリーがほしがっているものを与えてやろうとしているだけだよ。何がいけないんだ？ それに、兄貴はエミリーに自分の子供を産ませることができるんだ。いやとは言えないはずだよ〟

あのときは、もう一度キースを殴りそうになるのを必死でこらえた。

〝どのみちドナーが必要なんだ〟キースは狡猾な笑みを浮かべてつけ加えた。〝ディロン、ほんとうに、エミリーがどこの馬の骨かわからないやつの子供を身ごもることを望んでいるのかい？〟

〝何を言っているんだ――〟

〝返事はいまでなくてもいい。決心がついたら知らせてくれないか。ただし、いずれにせよ人工授精ということになる。そのことを忘れないように〟

いま思い出しても歯を食いしばりたくなる瞬間だった。あれから後の二週間は苦しみに苦しんだ。エミリーに事実を話そうかとも思ったが、がっかりさせるのが怖かったし、自分の言葉を信じてもらえるという確信も持てなかったのでやめた。彼女はどう見ても夫に忠実な妻そのものだったからだ。

そんなことはできないと何度も自分に言い聞かせたが、僕のエミリーへの思いを利用したキースは実に狡猾だとしか言いようがなかった。純粋なエミリーが夫の子供と信じたまま見知らぬ他人の子供を妊娠すると考えると耐え難かったし、それはエミリーも望まないだろうと思った。

苦しみ悩んだあげく、ついにキースに指定された日に病院へ出かけた。

そしていま、愛する女性が自分の子供を妊娠している。裏切った夫の子供であると信じながら。

なんらかの方法で、彼女に真実を知らせなくてはならない。

ディロンはうめいた。いったい、どうしたらいいのだろう。

もしもエミリーとともに将来を築く望みがあるなら、いますぐ行動を起こすべきだ。つまり、暗い秘密を持ちつづけることはできないということになる。

そのいっぽうで、真実を告げたら、わずかなチャンスさえなくなってしまうのではないかと思う。

それでも、試してみなくてはいけないのかもしれない。たとえ子供がいようとも、美しい未亡人と結婚したいと思う男は山ほどいるはずだ。

僕の子供なんだ。

ディロンは顎をこわばらせて立ち上がり、まっすぐ戸口へ向かった。「現場の見まわりをしてくる」彼はガートに言って、急いで外に出た。

音高くドアを閉め、階段を一飛びで飛び下り、長い脚で地面を蹴《け》ってコンクリートミキサー車の列のほうへ歩いていった。雷神のような表情に気づいた作業員たちが驚いて視線を避けたが、頭の中に熱い嵐《あらし》を渦巻かせているディロンの目には何も映らなかった。

容易にはいかないだろう。だが、誰かにエミリーと僕の子供をさらわれるのを指をくわえて見ていることはできない。

今度こそ絶対に。

7

ドアが勢いよく開いて、グリズリーベアのような顔をしたディロンが入ってきた。誰もが避けたくなるような恐ろしい形相だ。

少し遅れて現場総監督のエリック・トムソンと主任のグラディ・ウィリアムズ、それにハマーが緊張した面持ちで続いていた。

「ガート、設計者をここに呼んでくれないか。すぐにだ」ディロンはどなるように言って自分の部屋へ向かった。

十一時になるところだったが、今日エミリーが彼を見たのはこれが初めてだった。彼はエミリーには目もくれない。だが、グラディは彼女のデスクに近づいてきて、セクシーな笑みを向けた。

「やあ、美人さん。元気かい？」

エミリーはとまどい、頬を赤くした。「え……」

「グラディ！」

大きな声にエミリーは飛び上がり、グラディは顔をしかめた。振り向くと、ディロンが戸口に立ってにらみつけていた。

「ミセス・マグワイアは仕事中だ。きみだってそうだろう。早く来るんだ」

「わかりましたよ、ボス」グラディはエミリーに申し訳なさそうな顔をしてみせたが、目は楽しそうに輝いていた。「ごめん、ダーリン。ちょっと急ぐんだ。またあとでね」

エミリーは、グラディが無邪気なようすでジーンズのお尻のポケットに両手をつっこみながらディロンの部屋へ入っていくのを見ていた。が、ガートが自分を見ていることに気づいて振り向いた。

ガートは視線をそらそうともしない。エミリーの観察を続けながら電話で話して、メモ用紙を取っている。やがて電話を切り、パッドからメモ用紙を取って立ち上がった。それでもエミリーから視線を離そうとしない。

「あなた、グラディ・ウィリアムズとつき合っているの？」

エミリーは驚いて口を開けた。「まさか。夫が亡くなってから、まだ四カ月なんですよ。グラディは気さくにふるまってくれているだけだわ」

「〝気さく〟ね。エミリー、わたしに言わせれば、あなたはあまりにお嬢ちゃんだわ。きっと、長い間、こういうことから遠ざかっていたのね。グラディは女の子と見れば相手かまわず追いかける人なのよ。あなたがそういうつき合いを望んでいるならそれでいいけれど、魂を寄り添わせる人を望んでいるのだとしたら、派手に見えなくても実のある人を求めるべきよ。正直で、まじめで、頼りになる人をね。強靭《きょうじん》な精神と善良な心を持つ人がいいわ」

そのとおりだとエミリーは思った。そして、その定義に当てはまる人物は、知るかぎりではディロンしかいない。

エミリーはそう思ってから、自分が考えたことに驚いた。心臓がどきどきと打っている。いったい、わたしはどうしたの？ なぜ、こんなことを考えたのかしら。

「ありがとう。でも、わたしはどちらも望んでいないわ」

ガートは肩をすくめた。「単なる参考のための話をしただけよ」

「ガート！ 来てくれないか」

ディロンの声を聞いて、ガートは急いで口をつぐんだ。「何かが吠《ほ》えたようね」そう言うと、速記ノートを持って彼の部屋へ入っていった。

エミリーは笑いたいのをこらえて、たまった納品受領書の整理に取りかかった。

初めのうちはガートのことを警戒していた。ディロンに言われたこともあって、火を噴くドラゴンのような女性なのかと思っていた。実際、ガートはこの事務所のすべてを取り仕切っている。ぶっきらぼうで、ときにはびっくりさせられるほど率直な言い方をし、他人の無駄話は許さない。彼女をからかったり冗談を言ったりしようものなら、その人間は自分のマナーの悪さをいやというほど思い知らされるか、舌鋒《ぜっぽう》鋭く言いこめられるか、どちらかの結果を迎える。

だが、エミリーはこの二カ月で、ガートが表面は無愛想でも誠実で優しく母性的な人であることを知った。

それればかりか、彼女がディロンを七歳のときから母親のようなまなざしで見守ってきたと知って驚嘆した。ガートがディロンをほめたり叱《しか》ったりするさまを見ていると、彼女こそ実の母親ではないかと思うほどだ。

エミリーはこれまで、ディロンのことをガートの賛辞が当てはまるような人だと考えたことはなかった。それに、個人主義者だと思ってきたディロンがその種の愛情や献身を与える潜在力を持つ人だと考えてみたこともなかった。

もしも子供のころからガートのような高潔な女性の影響を受けていたとしたら、それも事実かもしれない。

それればかりか、最近ではわたし自身、ガートから信頼されはじめた気がする。母鳥の翼の下で保護されているように感じることもある。わたしはわたしで、ガートがときどき与えてくれる母親のような愛情を、少しもいやな気がすることなく子供のように受け止めている。

エミリーは二枚の受領書をホチキスで留めながら苦笑を浮かべた。仕事を始める前に想像していたのと違っていたことがいくつかある。ディロンの会社で働くのは、思っていたよりずっと楽しかった。

ディロンがわたしのためにわざわざ仕事を作ったのではないかという懸念は、一週間もしないうちに覆された。ここには、よくもこれまでガートが一人でこなしてきたとあきれるほど、たくさんの仕事があった。

ディロンといっしょに働くことへの心配も、なかなか顔を合わせる機会がないほど彼が忙しいので、結局は杞憂《きゆう》に終わった。

ディロンは現場にいるほうが好きらしい。そのうえほかのプロジェクトもあるし、銀行の担当者や弁護士や顧客の候補者、それに製造業者にも会わなければならないのだ。そのために本社へ行くことも多く、それ以外にも経営にかかわるさまざまなことを決断したり、処理したりしなければならない用事があった。ときには、一日に数回ガートに電話をしてくるだけで、何日も続けて事務所に姿を見せないこともある。

現場にいても、ディロンは大半の時間を外で過ごすし、事務所に駆けこんでくるときも出ていくときも、風のように目の前を通っていくだけだった。ごくまれに立ち止まってエミリーやガートに話しかけることはあったが、ディロンももともと無駄話をするタイプの人ではなかった。

おかしなことにエミリーは、いまでは彼がいくら寡黙でも少しも気にならなくなった。それは彼が冷たいせいでもなく、よそよそしくふるまっているのでもなく、猛烈に忙しくて何かで頭がいっぱいだからだとわかるようになった。

マグワイア家の男たちは皆、働き者だ。父親のコリンは優秀な大学教授だったし、キースも、欠点はあったものの医学を愛し、内科医として献身的に働いていたと言える。だが、ディロンが仕事にかける熱意は並大抵ではない。そして、想像をはるかに超える重責を担っている。それはエミリーがこの二カ月で知ったことだった。文字どおり、何百人もの人の生活がディロン一人の肩にかかっているのだ。

エミリーは、ディロンが黙って何かに没頭したりしていたのを、自分に悪意を抱いていると勘違いしていたのではないかと思いはじめていた。そして、ディロンの仕事に対する熱意と忙しさを知ったいま、キースが亡くなったあとしばらく仕事から離れて手伝ってくれたことを改めて申し訳なく思っていた。

そのとき、ガートがディロンの部屋から出てきてエミリーに尋ねた。「エマーソン鉄工所のファイルを知らないかしら?」

「それなら、キャビネットの引き出しの中です。昨日、わたしが整理したフォルダーの中にあったんです」

「見つからなかったのも無理ないわね。ということは、いまはあるべき場所にあるわけね」ガートはファイル用の引き出しを開けて、並んでいるラベルに指を滑らせはじめた。

　エミリーは視界の隅でガートのようすをうかがった。「今日は、ディロンはご機嫌斜めのようですね」

　ここで働くうちにわかったのだが、ディロンはいくらつっけんどんな命令口調でものを言っても、実は気持ちは平静らしいのだ。だから、今日のような彼を見るのは初めてだった。

「当然だと思うわ。設計図に大きな構造上の欠陥があることを見つけたのよ。もしも知らずに建てていたら、建物は一年以内に崩壊していたでしょうね。何分か前に、組み立て中だった壁のフレームが落下して、けが人が二人出たところなの。ディロンがすぐに救急車を呼んで、病院へ搬送してもらったけれど」

「まあ、たいへん。けがの具合はどうなのかしら」

　そういえば、さっき救急車のサイレンを聞いたような気がする。だが、ウエストハイマー通りは幹線道路なので、救急車が通るのは珍しいことではなく、気にも留めなかったのだ。

「幸い、裂傷と足の骨折ですんだらしいわ。でも、それだけでは終わらないみたいよ。エマーソンから届いたけた《ガーダ》のサイズが違ったの。ああ、あったわ。これね」ガートは分厚いファイルを抜き取った。

「早くすべてがいい方向に向かうといいですね」エミリーは言った。

「向かうわよ。ディロンが必ず解決するわ」

　ガートはディロンの部屋へ戻り、エミリーは受領書の整理を再開した。

　一時間ほどしたころ、外のドアが開き、ブルネットの華やかな女性が入ってきた。

エミリーはびっくりした。事務所には、配送係やセールスマンや警官、それに本社の社員や銀行員や保険会社の人々、市役所の職員といったさまざまな人が訪れる。だが、トラックの運転手の女性二人が立ち寄ったことがある以外、エミリーが働きはじめてから、女性の来客はいなかった。

その女性は、淡いピンクの麻のスーツと七センチの紺のハイヒールで一分の隙《すき》もなくドレスアップしている。ひどく場違いな感じだ。

「ご要件をうけたまわりますが？」エミリーは丁重に尋ねた。

女性は立ち止まり、エミリーに冷たい視線を向けた。「あなたは誰？」

「わたし……ですか？　エミリーと申します。ここの社員です」

「あら、いつもこの事務所を牛耳っている、意地悪おばさんはどうしたの？」

エミリーは面くらい、しばらくしてから答えた。

「ミセス・シュナイダーのことでしたら、いまは席をはずしています。わたしでうけたまわれることでしたら、うかがいますが」

「けっこうよ。わたしはディロン・マグワイアに会いに来たんですもの。彼はいるのかしら？」彼女は奥の部屋のほうを見た。開け放たれた戸口から意見を言い合っている男性たちの声が聞こえてくるので、いないというわけにはいかなかった。

「はい。ですが……あ、待ってください！」エミリーは奥へ向かいかけた女性に言った。「申し訳ありませんが、お通しするわけにはいかないんです。ミスター・マグワイアはただいま会議中で、どなたであろうと通さないでほしいとのことです」言いながら、事実であることを祈って中指と人差し指を交差させた。

ブルネットの女性は足を止めて険しい顔で振り向き、結局そのまま戻ってきた。「いいわ。それなら待たせていただくわ」

「あの……ミスター・マグワイアとお約束がおありなのでしょうか?」

女性はその問いかけを無視して、エミリーのデスクの反対側にあるビニール張りの椅子に腰かけた。優雅なしぐさで脚を組み、短いスカートの裾《すそ》を直す。

長い爪に塗られたマニキュアは、淡いピンクのスーツの色より少しだけ濃い色だった。エミリーは短く切った自分の爪を見て、ため息をついた。この前手入れをしてから一カ月はたっている。爪の手入れは、この四カ月の間にあきらめようとしてきた贅沢《ぜいたく》の一つだ。

女性はしばらく事務所の中を見まわしていたが、そのうちに飽きたらしく、バッグを開けて長いたばこを取り出した。唇にはさんで火をつけてから金色のライターをバッグにしまい、ゆっくりと煙を吐き出した。

煙が流れてきたとたんに、エミリーは胃がむかむかした。

ああ、また始まってしまったわ。二週間ほどおさまっていたので、そろそろつわりの時期は終わりなのかと思っていたのに。

いままでは、ありがたいことに日中はさほど気分が悪くなかった。だから、ガートにもディロンにも隠して仕事を続けてきた。だが今回ばかりは、もしも彼女にすぐたばこをやめてもらえなかったら、とんでもないことになりそうな気がする。

「あの、申し訳ないのですが、たばこをご遠慮いただけませんでしょうか?」エミリーは笑みを作って、丁寧に言った。

女性は横柄なまなざしを返してきた。「いやよ。やめないわ」そう言ってエミリーをにらみつけたまま、ふうっと煙を吹きかけた。

エミリーは吐き気が襲ってくるのを感じた。

そのとき、ガートの声がした。「いま、エミリーが丁寧に頼んでしょう!」ガートはディロンの部屋を一歩出たところに立っていた。「あなたは、二次喫煙がもたらす影響のことを知らないの、ミス・ロジャーズ?」

「やめてちょうだい。たばこを吸わない人はすぐにそんなことを言うのね」

ガートは重いファイルをどしんとデスクの上に置いて女性のほうへ向き直った。だが、エミリーの顔色に気づいて眉根を寄せた。「エミリー、真っ青じゃないの。だいじょうぶ?」

「ええ……」エミリーは吐き気を抑えようとしながら顔を上げた。「たぶん……ああ、だめだわ!」

エミリーは口を押さえて立ち上がり、化粧室へ駆けこんだ。


「エミリー!」

「なんの騒ぎだ?」ディロンが顔を出した。

「あら、ダーリン、いたのね」ブルネットの女性が彼に駆け寄った。

ディロンは驚いて彼女を見た。「アイリーン!ここで何をしているんだ?」

「驚いた?」アイリーンはディロンの肩に両腕をまわして唇にキスをした。だが、すぐに彼に押しのけられてしまった。

アイリーンは口を尖《とが》らせたが、ディロンは動じない。

「カリブ海から三カ月ぶりに戻ってきたのよ。うれしくないの?」彼女はもう一度ディロンの肩に腕をまわそうとした。

「やめてくれないか、アイリーン」ディロンはきっぱりとはねつけて、化粧室へ急ぐガートを目で追った。「ガート、答えてくれ。いったい何が起きたんだ？」

「エミリーが具合が悪くなったのよ」

「具合が悪くなった？　どういうことなんだ？　どんなふうに？」

「ダーリン、ほんとうに――」

「いいかげんにしてくれ、アイリーン！」

「まあ！　わたしはあなたに……」

ディロンはガートのあとを追った。グラディとハマーとエリックがディロンの部屋から出てきた。

「どうしたんです？」エリックがディロンに尋ねたが、彼はほとんど聞いていなかった。

ガートが厳しい口調でディロンに言った。「吐き気が襲ってきたらしいの。エミリーが戻してるのよ。まだ説明しないとわからないの？」

ディロンはガートとともに化粧室のドアの外で立ち止まった。「どうして、こんなことに？　救急車を呼ぼう」

「何を言っているの。落ち着きなさい！」ガートは彼が動き出す前に腕をつかまえた。「つわりよ。知らないの？」

「つわり？」ディロンはぼんやりと繰り返した。閉ざされた化粧室のドアを見て、ガートに視線を戻す。

「それじゃ……エミリーは子供のことをガートに話したのかい？」

「聞いていないわ。でも、わかるわよ。あなたが知っていたのなら、わたしに話してくれてもよかったわね」

「僕の立場ではできないことだよ」ディロンは動揺した声で言い、化粧室の中から伝わってくる気配に気づいて、さらに眉根を寄せた。「医者を呼ぼう。こんな状態はふつうじゃない」

「誰かさんにたばこの煙を吹きかけられてからこうなったのよ」ガートは、面白くなさそうな顔で二人を見ているアイリーン・ロジャーズを顎で示した。

「エミリーがたばこをやめてほしいと頼んだのに、ミス・ロジャーズは素直に聞き入れる気分じゃなかったというわけ」

ディロンは鋭い視線をアイリーンに向けた。その表情の険しさに、戸口に立っている男たちがあわてて視線をそらした。アイリーンは細く煙を吐きながら、誘惑するような笑みを浮かべている。

「エミリーのようすはわたしが見るから、あちらをなんとかしてちょうだい」ガートはディロンに命じると、ドアを開けて化粧室に入っていった。

ディロンは顎を引いて歩いていき、アイリーンの前に立った。

「やっとわたしのことを見てくれたわね。昨日カリブ海から戻ったのよ、ダーリン。あなたを驚かせたくて――あっ！」

ディロンはアイリーンの指からたばこを取り、自分のワークブーツの底で火を消してから、ごみ入れに投げ捨てた。

「どうして、こんなことをするの？」アイリーンはディロンを見上げた。

「きみのたばこのせいでエミリーの具合が悪くなったのがわからないのか？」

「まったく。従業員のくせに、大騒ぎをしてるわね」

ディロンは顎をこわばらせ、無言のままアイリーンの腕をつかんで出口へ向かった。

「ディロン、待って！　なんなの？　どうかしたの？」アイリーンは彼にぶら下がるようにして、七センチのヒールでかたかたと音をたてながら金属製の階段を下りた。

怒りで真っ赤な顔をしたディロンは、アイリーンの言葉を無視したまま、人目を引くシルバーのポルシェのところまで引っ張っていった。

「待って！」アイリーンは運転席に押しこまれなが

ら叫んだ。「何をするの?」

「帰るんだ」

「でも……わたしはあなたとランチを……」

「来る日を間違えたようだな」

ディロンはドアを閉めてから車の屋根に片手をついて身をかがめ、アイリーンと目を合わせた。

「アイリーン、きみという人は……」

ディロンはその先を続けられずに奥歯をかみしめた。あまりのことに、頭が爆発しそうな気分だった。

彼はがくりと首をたらした。

「くそっ!」

「ディロン、どうしたの?」

アイリーンのせいではない。わかっている。彼女のせいではないのだ。

思い切りどなりつけたいが、そんなことはできないし、そうしたところで、アイリーンには意味がわからないだろう。彼女の目を見れば、僕が何を怒っているのか少しも理解できていないことがわかる。

アイリーンは裕福な特権階級の家に生まれ、使用人のことを取るに足らない存在と考えるような環境で育った。彼女に社会的良心を持って他人を思いやれと言うのは、孔雀《くじゃく》に雀《すずめ》を思いやれと言うのに等しい。

「帰りなさい、アイリーン」ディロンはうんざりした口調で言った。

「でも、ランチは?」

「今日は無理だ」

「それなら、今週の後半にでも」

「そうだね」

アイリーンは顔を輝かせた。「明日、電話するわ。そのときに決めましょう」

「ああ」ディロンは体を起こし、車の屋根を平手でたたいた。「さあ、行って」

ディロンは両手を拳《こぶし》にして腰に当て、その場に立ったまま遠ざかっていくポルシェを見ていた。

そもそも、どうしてアイリーンに声をかけたりしたんだろう？　たぶん、よくよく退屈だったからだ。彼女は僕の好みのタイプではないのに。

何度かデートをして、もう会うのはやめようと決めたが、言い出す前にキースが亡くなって、それからは不動産のことやエミリーの手助けに忙しくてアイリーンに会う時間がなかった。

そして、そのことを面白く思わなかったアイリーンは、当てつけとしてカリブ海へ向かったのだ。だが正直に言えば、今日、事務所で姿を見るまで彼女のことはすっかり忘れていた。

ディロンは疲れを感じて首の後ろをさすった。アイリーンが電話をかけてきても、もう会わないと言おう。

エミリーのようすをききに戻ろうとすると、驚いた部下たちが外まで出てきて離れたところで見ていた。

「ひゅーっ、すごい美人だったな！」

「黙れ、グラディ。おまえは女のことしか考えられないのか？」口笛を吹いたグラディをエリックがたしなめた。

グラディは悪びれもせずに笑った。「そうだよ」

ハマーが笑い声をあげ、エリックはあきれた顔をして、近づいてきたディロンに言った。「ボス、我我はもういいですか？　よければ、この二人を持ち場に戻します。そうしないと、女のことばかり考えている。僕は事故の後始末がどれだけ進んだか見てきますよ」

「行ってくれ。グラディ、きみは残るように。少し話がある」

エリックとハマーは、ほらみろと言わんばかりの顔でグラディを見てから離れていった。

グラディは片手でヘルメットを抱え、金色の髪をかき上げた。「なんですか、ボス?」

「エミリーにちょっかいを出すのはやめるんだ」

グラディは驚いた声で言った。「なんですって?」

「聞こえたはずだ」

「待ってくださいよ。あなたは仕事上ではボスかもしれないけれど、私生活にまで口出しすることはできないはずでしょう」

「エミリーのことだけは別だ。彼女は亡くなった弟の妻だったんだ」

グラディは体重を別の足にかけかえた。「だから? エミリーのご主人が亡くなったのは五カ月……いや、もう六カ月も前でしょう」

「四カ月だ」

「たいして変わりはないですよ。もう、ずいぶんになる。エミリーだって、その、なんというか……」

ディロンの目が不愉快そうに細められた。するとグラディはにやりとした。

「寂しがっているはずだ」

「グラディ、きみに警告しておく。エミリーに近づくのはやめろ」

「どうしてです?」それまで面白がっていたグラディの態度が挑戦的なものに変わった。「そうやって、独り占めしようというんですか?」そう言ってから、まだウエストハイマー通りの交通の流れに乗れずにいるシルバーのポルシェを見やった。「あのお上品なブルネットだけじゃ満足できないというわけか」

こみ上げてくる怒りを感じてディロンは両手を握りしめた。「ウィリアムズ、あと一言でも言ってみろ。折れた歯を吐き出すことになるぞ」

グラディは食い下がろうとしたが、すぐに思い直した。ディロンのほうがずっと背が高くて力が強いばかりでなく、体重も六、七キロは勝っているのだ。

「そうでないとすると、どうしてなんです? いくら弟さんの未亡人だから責任を感じているといったって、エミリーは大人なんだから、自分のことくらい自分で決められるはずだ。だいたい、あなたの実の妹でもないんだし。僕が彼女を好きになることのどこがいけないんですか？　僕は独身だし、彼女だって——」

「彼女は妊娠四カ月だ」

「妊娠？」

ディロンは口を滑らせたことを後悔した。僕が言うべきことではなかった。だが、効果はあったかもしれない。グラディは青くなって後ずさりしはじめている。

「そうだ。いろいろなことがあったが、赤ん坊は順調だ。いまがだいじな時期なんだよ。情緒不安定で、傷つきやすくもなっている。この時期に、きみのようなプレイボーイにつけいられるわけにはいかないんだよ」

「僕のことなら心配しなくていいですよ、ボス」グラディは早々に敗退を宣言した。頭を振り、両手をひらひらさせながら、また一歩、後ろに下がる。

「エミリーはすごい美人だから気になったけれど、妊娠しているんじゃね。それは大問題だよ。それに、僕はほかの男の子供を育てられるほど人間ができてるわけじゃない。しばらくの間だって無理ってものだ」

それは僕も同じだとディロンはひそかに思った。

「そうだろう」

「教えてくれてありがとう、ボス。安心していいですよ。これからは、エミリーには近づかないから。ほかのやつらにも言っておきますよ」

ディロンはしばらく考えこんでからうなずいた。

「どうやら理解し合えたようだな」

「もういいの？」ガートが尋ねた。

「たぶん……だいじょうぶだと……」

やっと顔を上げたエミリーにガートが水を入れた紙コップを差し出す。エミリーはその水で口をすすぎ、立ち上がろうとした。

「急ぐことはないわよ。いま立ち上がったら、倒れて顔をぶつけるかもしれない。しばらくここに座っているといいわ」ガートはトイレの蓋《ふた》を下ろしてその上にエミリーを座らせ、ペーパータオルを湿らせて手渡した。「さあ、顔を拭《ふ》いて」

エミリーがペーパータオルを顔に当てると、ガートは洗面台に寄りかかって腕を組んだ。「それで、予定日はいつなの?」

エミリーははっとして顔を上げた。「ディロンが言ったのね」

「いいえ。ディロンは一言も言いませんよ。そんな必要はなかったわ。わたしの目は節穴じゃないですからね。あなたも自分の子供を持てばわかるわ」ガートはエミリーの顎の下に人差し指を当てがって優しくほほえんだ。「だいじょうぶ。あなたは着実に花を開花させつつあるわ」

エミリーは笑みを浮かべようとした。「しおれているというほうが合っているんじゃないかしら」

「心配いらないわ。つわりの時期はすぐ終わるのよ。それで、何カ月なの?」

「ちょうど四カ月」

ガートが驚いたので、エミリーはくすりと笑った。

「妊娠しにくい体質だったので、人工授精を受けたの。キースが亡くなる四日前に」

「そうだったの。それで、キースはあなたが妊娠したことを知っていたの?」

エミリーは目を閉じた。さまざまな感情がこみ上げてきて、とても答えることができない。彼女はただ、こくりとうなずいた。

「それなら、なぜ……」ガートは言葉を切り、気持ちが落ち着くのを待ってから続けた。「わかるわ。

エミリー、死者に鞭打《むち》つつもりはないけれど、あえて言うわね。キースがああいうことになっても、わたしはさほど驚かなかったのよ。キースは幼いころから自己本位の享楽主義者だった。だから、キースが不実なことをしたのは、あなたがどうだったからというわけではないのよ。いいわね？ キースは、まるでキャンディ売り場から好きなだけキャンディを持ち出すことを許されている甘やかされた子供のようだった。とてもディロンの弟とは思えなかったわ」

「ええ」エミリーは沈んだ声で同意した。「おかしなことに、わたしは長い間、二人のうちの優れているほうの人と結婚したと思っていたわ」

ガートは鼻で笑った。「まったく逆よ」

「いまでは、そうわかっているの。ここで働くようになって、いままで知らなかったディロンの一面を知って。ディロンは……わたしが考えていた人とは違っていた。思いやりがあって、ずっと……人間的なのね」

エミリーは息をつき、もう一度顔を拭いた。

「キースと結婚したころ、わたしは恋に夢中で何も見えなくなっていたの。ほんとうの彼の姿がわからなかった。わかっていたら、キースとは結婚していなかった」彼女はそう言ってから首を横に振り、少しふっくらしかけてきたおなかを押さえた。「いいえ、違うわ。キースには裏切られたけれど、わたしは彼と結婚したことを後悔していない。彼は子供を与えてくれたんですもの」

そのとき、大きなノックの音が聞こえて二人はびくっとした。

「エミリー？ だいじょうぶかい？」

ガートはあきれたように目をまわした。「ドアをたたき割られないうちに戻りましょうか」

エミリーは顔をしかめて立ち上がり、自分はどんなに疲れきったひどい顔をしているだろうかと思いながら、ガートについて化粧室を出た。

そのままデスクに戻ろうとすると、ディロンに手首をつかまれて引き止められた。

「ほんとうにだいじょうぶなのか?」いつもの荒々しい声で尋ねながら、注意深く彼女の顔を探るように見る。「まるで死人みたいに真っ青だよ」

ガートがたしなめた。「何を言うの! あなたがそういう軽はずみなことを言うから、エミリーはそっぽを向くのよ」

「僕はただ――」

エミリーは元気のない声で答えた。「いいのよ、ディロン。あなたが言おうとしてることはわかっているから。でも、ずいぶんよくなったの。ほんとうよ」

「いずれにしても、今日はもう帰ったほうがいい。吐き気に襲われたんだから体力を消耗しているはずだ」

「その必要はないわ。ほんとうにだいじょうぶなのよ」

「そうだろうが、顔色が悪いよ。それに、ふるえている」

「単なる後遺症よ。すぐにおさまるわ」そうであってほしい。エミリーは指をクロスさせて心の中で祈った。「少し座っていれば、きっと」

「横にならなきゃだめだ。帰るんだよ、エミリー。いいね。これで決まりだ」

ベッドに身を横たえてゆっくり昼寝をする。それは抗しがたい誘惑だった。この数カ月は、一日中でも眠りつづけたいと思うほど疲れる日の連続で、つわりがその疲労を増幅させていた。

だが、働きはじめた以上、義務は果たさなくてはならない。

「ありがとう、ディロン。でも、ガートを一人にして負担をかけることはできないわ」

「心配は無用よ」たちまちガートが反論した。「あなたが来るまでは何カ月も一人でここを切りまわしてきたんですからね。たった半日くらい、どうということはないわ。ディロンの言うとおりよ。あなたは少し休養が必要だわ。お帰りなさい」

エミリーは肩の力を抜いた。二人を相手に何を言っても、絶対に勝ち目はない。「わかりました。じゃ、帰るわ」

エミリーは自分のデスクまで行って一番下の引き出しからバッグを取り出し、車のキーを手にした。振り向くと、すぐそばにディロンが立っていた。

「まあ！」

ディロンは彼女の驚きを無視して腕をつかみ、戸口へ向かった。「家まで送ろう」

「待って！ その必要はないわ。自分で運転できるもの」

「嘘《うそ》だろう。きみは運転できる状態ではないよ」

「でも、車を運転して帰らないと、明日出勤してこられないわ」

ディロンは彼女の手からキーを取って、ガートに放《ほう》った。「仕事が終わる時間になったら、誰か見つくろって彼女の車をアパートメントまで運ばせてくれないか。それから、エリックの携帯電話に連絡して、午後からの監督は任せると伝えてほしい」

「わかったわ」ガートはそう答えてからエミリーを見た。

「ディロン、こんなこと、おかしいわ」エミリーは抵抗するように言った。するとディロンが足を止め、数センチのところまで顔を近づけた。

鮮やかなブルーの瞳に見つめられて、エミリーの鼓動が速まった。意味の読み取れない色が瞳に渦巻いて、青い閃光《せんこう》を放って見える。

「いいかい？ ここのボスは僕だ。すべては僕が決める。僕が家まで送ると言ったら、送るんだよ。きみがおとなしく命令に従わなければ、無理やり運んでいくまでだ。どちらでも、きみしだいだよ」

エミリーは目を見開いた。「なんですって？」

「試してみるかい？」

再び青い瞳を見つめたエミリーは、そこに決して譲らないという意思を見て取った。心臓がどきどき打ちはじめた。

「わかったわ」エミリーはついにそう言うと顔を上げ、戸口へ向かって歩き出した。

8

アパートメントへ向かう車の中で、エミリーは無言で座っていた。ディロンのほうを見ようともしない。だが、彼は気にかけているようすもなかった。

エミリーは、かえって好都合だと思って沈黙を続けた。けれど一キロ半も進まないうちに、再び気分が悪くなってきた。

ディロンに悟られませんように……。もう一度恥をかく前に、アパートメントにたどり着きたい。

しかし、必死の祈りにもかかわらず、エミリーはディロンが駐車場にピックアップ・トラックを止めたとたん、手で口を押さえてドアから飛び出さなければならなかった。

「エミリー！」

背後でディロンの声とトラックのドアが開く音が聞こえたが、エミリーは振り返ることができなかった。建物の外の花壇の隅で嘔吐《おうと》していると、ディロンに追いつかれた。

ひとしきり戻して、身をかがめたまま荒く息をつく。ふつうなら恥ずかしいと思う事態だが、いまはそんなふうに思っている余裕はなかった。

「これを使って」ディロンの優しい声が聞こえ、目の前に、日に焼けたたくましい手でつかんだ純白のハンカチが差し出された。

「いいわ。だいじょうぶだから――」

「使うんだ」

口論する体力も気力もないと気づいて、エミリーは言われたとおりにした。ところが顔を拭《ふ》き終わるやいなや、今度はまるで発泡スチロールの塊のように軽々と彼に抱き上げられていた。

「やめて。わたし、歩けるわ。もうずいぶんよくなったから」

「お願いだから、もう一度おとなしく言うことを聞いてくれないか」

エミリーは口を引き結んだ。「あなたがわたしをだいじにしてくれるのは、おなかのベビーのためなんでしょう？」

「そんなことを考えていたのか」ディロンは建物の入口のガラスのドアを肩で押し開けて中に入り、エレベーターから降りてきた老婦人に、エミリーを抱いたまま小さな声で挨拶《あいさつ》をした。

「事実なんでしょう？」エミリーは、驚いている老婦人を外に残してエレベーターのドアが閉まるとすぐに言った。

ディロンが振り向き、二人の視線が合った。青い瞳に、またしても解読できない強い感情が渦巻いている。そう思った瞬間にエミリーの心臓はどきんと鳴り、それから不規則に打ちはじめた。

エレベーターが動き出すと、ディロンは視線をそらして肩をすくめた。「マグワイア家の子供だからな」

エミリーはまばたきして彼を見た。りんごを丸ごと飲みこんだように喉がつまった感じがする。心に芽生えていた疑いを肯定されるのがこんなに傷つくことだとは思っていなかった。

泣くか憤慨するかしてもよかったが、どちらにしても、いまはそれだけのエネルギーがなかった。エミリーはあきらめのため息をつき、苦痛を隠して視線をほかに向けた。視界の隅に、ディロンのこわばった顎が見える。彼は激怒しているのだ。

怒るといいわ。もしも仕事から離れて無駄な時間を過ごしていることを怒っているのだとしたら、それはあなたのせいよ。わたしは送ってほしいとも介抱してほしいとも頼んでいないもの。

アパートメントに入ると、ディロンはエミリーをバスルームに連れていって、湿らせたタオルで顔を拭いた。そして、彼女が口をすすぐ間、石のように無表情な顔で見守っていた。

それから、エミリーを助けてベッドルームへ行き、毛布を折り返して彼女をベッドに座らせた。

「ちょっと待っているんだ」ディロンはそう命じ、引き出しからナイトガウンを出した。「着替えるのを手伝ってほしいかい？」

冗談じゃないわ！　エミリーはさっとナイトガウンを取って胸に抱えた。

「けっこうよ」できるかぎり威厳をこめて言ったつもりだったが、首まで真っ赤になっていた。

「それじゃ、僕は隣の部屋にいるから、必要なら大声で呼んでくれ」

「ディロン」

彼は立ち止まって眉を上げた。

「家まで送ってくれてありがとう。いろいろな意味で感謝しているわ。でも、もうここにいてくださる必要はないのよ。なんとかなると思うの。こういうことには何カ月もつき合ってきたし」

「なんだって？　どうして言わなかったんだ？」

エミリーは彼の言葉の意味をはかりかねて困惑した。「なぜ言わなくちゃならないの？　その必要はないでしょう？」

ディロンは歯を食いしばり、頬の筋肉を緊張させていた。怒りをさらに募らせたようだ。

「僕はそうとは思わない。だったら、きみが好むと好まざると、僕はきみの具合がすっかりよくなるまでここにいる。早く着替えてベッドに横になるんだ。少ししたら、確認しに戻ってくるから」

ディロンは部屋から出ていった。エミリーはナイトガウンを握りしめたまま、閉まったドアを見つめた。ディロンはなぜ怒っているの？　わたしといっしょにいるのを我慢しているくせに、どうしてここにいると言い張ったりするのかしら。そして、わたしはなぜ、彼がいてくれることにほっとしているのだろう？

ディロンは毒づきたいのをこらえてキッチンまで行った。電話の受話器を取って番号を押し、いらいらしながら相手が出るのを待った。

「はい、母子健康センターです」

「ドクター・コンと話したい」

「ドクター・コンは診療中です。折り返し電話をするように伝えましょうか？」

「イギリスの女王陛下を診察中だとしても、後まわしにしてもらうわけにはいかないんだ。ディロン・マグワイアがエミリーのことで話がしたいと言っていると伝えてくれないか。いますぐにだ」

「は、はい、ミスター・マグワイア。少々お待ちください」

かちっと音がして、保留の音楽が流れはじめた。ディロンは髪をかき上げ、体重を左右の足にかけかえながら待った。

「ディロン、どうしました？　緊急に話をしたいと聞きましたが」

「エミリーのことだ」

ドクター・コンの声が緊張した。「何かあったんですか？」

ディロンはエミリーがこの一時間に二度も嘔吐したことを説明した。「ふつうではない。こんなことになった人間は見たことがない」

「そうですね……つわりにしては、少し時期をはずれていますね。でも、こういうことがないわけではありませんよ。明日になってもよくならなかったら、病院へ来るように言ってください」

「明日だって！」もしも電話でなかったら、ディロンはドクター・コンの襟元をつかんでいただろう。「エミリーはいま、具合が悪いんだ。何もしてやれないのか？」

「もしもまた嘔吐したら、あとで紅茶とクラッカーをとらせてください。気分の回復に役立つはずですから」

「紅茶とクラッカーだって？　ミズーリの騾馬《らば》より具合が悪いのに、紅茶とクッキーを与えろとしか言わないのか？　のむ薬を指示するとか、注射するとか、できないのか？　必要なら、救急治療室へ連れていってもいいが」

ドクター・コンはくすくす笑った。「落ち着いてください、ディロン。父親の代理を努めるのは楽ではないと思います。特に、あなたのような独身者には。ですが、心配はいりません。エミリーの状態は、ごくふつうのことです。基本的なプロセスの一環ですよ」

「そんなはずはない。エミリーは死ぬほど苦しんでいるんだ」

「エミリーに、がんばるように言ってください。つわりの段階はすぐに過ぎます。しばらく、紅茶とクラッカーでしのいでみてください。それから、吐き気がおさまったら、一日くらい軽くダイエットをしてみてもいいと思います」

ディロンは受話器を置いてから悪態をついた。そして、憤慨したままケトルに水を入れて火にかけ、戸棚を開けて、なんとかティーバッグが入った缶とクラッカーの包みを見つけ出した。

ついでに、陶器のティーポットも取り出し、ふと手を止めてそれを見つめた。全体にちりばめられた可憐《かれん》な赤い薔薇《ばら》の模様、まろやかな小さな形。大きなてのひらの上にのせかえては眺めているうちに、不思議と気分が静まってきた。

このポットはどこかエミリーに似ている。きれいで華奢《きゃしゃ》で、とても女性的だ。

ポットにお湯を注いだとき、電話が鳴った。ディロンは呼び出しの電子音がエミリーをじゃましなかったことを祈りながら、キッチンの壁に取りつけられた電話機の受話器をつかんだ。

「はい」

一瞬、沈黙が流れた。「ディロン、あなたなの？」

「そうだよ、シャーロット」

「わたしったら、電話をかけ間違えたのかしら。エミリーの家に電話したつもりだったのよ」

「間違えていないよ。ここはエミリーの家だ」

「そうなの」少しも納得できていない声だ。「それで、あなたはそこで何をしているの？　こんな真昼に」

「エミリーの具合が悪くなったから、送ってきたところなんだ。彼女はやすんでいるよ」

「具合が悪いの？　どうしたの？」

ディロンは躊躇《ちゅうちょ》した。エミリーは子供のことを母とシャーロットに話したのだろうか？　二人がまだ何も言い出さないところをみると、話したとは思えない。

ディロンは、母がシャーロットといっしょにフロリダへ行って以来、言葉を交わしていなかった。二週間に一度電話をしていたが、シャーロットはそのたびに母が電話口に出られない理由を述べた。外出中だったり眠っていたりと理由はさまざまだったが、それを口にするシャーロットの申し訳なさそうな声で、どれも言い訳にすぎないことがわかっていた。だが、シャーロットを責めることはできない。母のことなら昔からよくわかっているのだ。

「なんとも言いがたいな。おそらく、体に合わないものでも食べたんだろう」

「そう。じゃあ、早くよくなるように祈っていると伝えて」

「わかった。ほかには？」

「そうね……いい機会だから、ちょっとあなたと話がしたいわ。いま、ママは外出しているのよ」

「いいよ」

「知っているかしら？　ママは、エミリーがあの家を売って仕事に就いたことを怒っているの。わたしたちは数週間前にそのことを知ったばかりなのよ。エミリーはあなたがわたしたちに話したと思っていたと言ったわ。だから、黙っているつもりではなかったらしいけれど、やはりショックだった」

シャーロットがもっと頻繁に弟の未亡人に連絡を取っていたら、ずっと早くわかったはずだ。ディロンはそう思ったが、口に出さなかった。

「あの家はキースだけのものじゃなくて、エミリーのものでもあったんだよ。だから、彼女には売る権利があった。母さんが不愉快な思いをしたのなら気の毒だが、その必要があったんだよ」

「ええ。実はママが怒っているのは、エミリーがあなたの会社で働いていることのほうよ。ママはまだ、キースが破産して負債を残して亡くなったという事実を受け入れていないわ。浪費したのはキースでなく、エミリーだったに違いないと言うの」

「またかい？」

「そうなの。まだあるわ。もしもエミリーが破産して、それがキースのせいだと思ってあなたが彼女の援助をしているとしたら、そのお返しとしてエミリーはあなたに〝奴隷のようにお仕え〟しているに違いない、ですって。誤解しないで。これはママが言ったことですからね。わたしは、あなたが知っておいたほうがいいんじゃないかと思っただけよ。ママはいらいらしては怒りを募らせているの。秋になって家に戻るころには爆発寸前になっているはずだから、覚悟しておいたほうがいいわ」

「僕はエミリーに援助の手を差しのべることになんの問題も感じないが、彼女のほうは感じるらしいんだよ。助力を申し出たら、きっと断られるよ」

「立派だこと」シャーロットはきっぱりと言った。

　キャリアウーマンであるシャーロットは、人を頼るだけの女性にほとんど同情を示さない。その意味で言えばアデルも終身在職権を持つ大学教授だが、エミリーに腹を立てるというより、彼女の経済的な苦境にことよせて長男を非難する新たな方法を見つけたのではないかとディロンには思えた。

「でも、そういう態度がママを怒らせるのよ」

「エミリーはもう慣れていると思うよ。一度だって、母さんのお気に入りになったことはないんだから。母さんは彼女に電話をかけることさえいやがっているんだからね。一月にヒューストンを発《た》ってから二度くらいかけてきたのかな？」

「知っているわ。よくないことだと思うけれど、ママはああいう人だから」

「わかってる。心配はいらない。母さんのことは僕がなんとかするよ。できるだけ長くそこに引き止めていてくれるとうれしいけどね」

シャーロットは笑った。「努力するわ。感謝しなさいよ」

電話を切ったディロンは、紅茶の用意はやめてベッドルームのドアをそっとノックした。けれど返事がなかったので、中をのぞいてみた。

エミリーは横向きになって目を閉じていた。疲れきったようすで目の下にはうっすらと隈《くま》ができ、顔は真っ青だ。

ディロンは静かにドアを閉めてリビングルームへ戻った。狭い部屋を歩きまわり、窓の外を眺め、書棚の本をチェックしたり、置かれている装飾品を一つ一つ手に取ってみた。だが、最後にソファに腰を下ろして長い脚を投げ出した。頭を背もたれに預けて天井を見つめ、気持ちが落ち着くのを願った。

どんなに打ち消そうと思っても、つわりのことを話さなければならない理由はないと怒ったときのエミリーの顔が浮かんでくる。

彼女は僕の気持ちにまったく気づいていない。なんて苦しい状況だ。

だが……それでも、うれしく思うべきなのだろう。まだ時間がたっていないから、エミリーは準備ができていないのだ。いや、準備など永遠にできないかもしれない。僕はその事実を受け入れなくてはいけない。特に、子供にかかわる真実を告げたら、望みは完全に絶たれてしまうから。

もしもチャンスを作りたいのなら、じっと我慢して過去が遠ざかるのを待つべきだろう。

そして、子供が生まれてしばらくしたら、動きはじめるのだ。

それまではエミリーへの思いを胸にしまっておく。最良の方法は、できるかぎり彼女と距離を取り、関心がないふりをすることだ。

ディロンは考えこむように目を細めた。今日、あきらかになった問題もある。ガートが言うとおり、エミリーは、男たちにほうっておかれる存在ではない。

だが、グラディとやり合ったことで職場での誘惑を一掃したことになるのではないだろうか。少なくとも、しばらくはだいじょうぶだ。子供が生まれたあとは、また別の話だ。

そのとき、ベッドルームのほうで音がしたので、ディロンは飛び起きた。駆けつけてみると、エミリーが青い顔をして口と腹部を手で押さえ、よろよろとバスルームへ向かっていた。彼が驚いて支えると、エミリーはその手を振り払おうとした。ディロンはそれを無視して抱き上げ、彼女をバスルームへ運んだ。

三度目の嘔吐だった。ディロンは片手で彼女の額を支え、もういっぽうの手で落ちかかろうとする髪を押さえた。

吐き気がおさまると、エミリーは疲れきったような、放心したような顔を上げた。ナイトガウン姿を見られていることも、状況がかなり屈辱的であることも、気にならないようすだ。彼女の頭の中には、早く口をすすいでベッドに戻り、目を閉じたいということしかなかった。

だが、ディロンは、なんとか紅茶を飲ませてクラッカーを一枚食べさせた。

それにもかかわらず、エミリーはそれからさらに三回嘔吐を繰り返し、ディロンはそのたびに彼女を介抱して、紅茶を含ませクラッカーを食べさせた。

六時をまわったころ、エリックが現れて、エミリーの車のキーを手渡した。

「車は駐車場に入れて、間違いなくロックしました。エミリーの具合はどうですか？」

「あまりかんばしくないんだ。だが、いまは眠っている」

「厳しいですね。ご主人が亡くなったあとで妊娠がわかるなんて」エリックは静かな口調で言った。エミリーの事情は早くも現場のスタッフに知れ渡っているらしい。「うちの女房も毎回苦しみましたよ。紅茶とクラッカーで少しは楽になるけど、それでもだめなら、コーラのフラッペという手もある。それくらいのことはエミリーだって試しているだろうけれど」

ディロンは唇に笑みを浮かべた。「ありがとう。エミリーに言っておくよ」

エリックが帰ったあと、ディロンはベッドルームのようすに聞き耳を立てながら歩きまわっていたが、何も起きず静かだった。何度か中をのぞくと、エミリーはいつもすやすやと眠っていた。

真夜中になったときには最後に嘔吐してから七時間たっていたので、これで落ち着いたのではないかと思えた。エミリーが目覚めるようすもない。そのまま残していくのは気が引けたが、自分がここで夜明かししたと知ったらエミリーがいやがるとわかっていたので、ディロンはメモを残し、明かりを消して静かにアパートメントを出た。

翌朝、目覚めたとき、エミリーはディロンがリビングルームのソファで眠っていることを半ば予期していた。けれども彼がいなかったので、よかったと自分に言い聞かせた。かすかな胸の痛みは、たぶん、つわりで戻したあとだからだろう。

キッチンにメモがあった。几帳面《きちょうめん》な筆跡で仕事を休むようにと書かれ、今後二日間に食べるものの指示がそれに続いていた。

「冗談じゃないわ」エミリーはメモを脇《わき》に置き、壁に向かって文句を言った。「いったい、何さまだと思っているの？」

足音高くキッチンへ歩いていってケトルに水を入れ、乱暴にこんろの上に置いた。

高圧的な人は嫌いよ。ディロンには、わたしの生活に干渉したり、命令したりする権利はないはずだわ。昨日だって、わたしは家まで送ってもらいたくなんかなかったし、ここに残ってほしくもなかったわ。

エミリーは冷蔵庫を開けようとしたが、ハンドルに手をかけたまま動きを止め、遠くを見つめるようにして考えこんだ。

いまもまだ、少しふらついている。きっと、ディロンは彼なりのやり方で思いやってくれたのだ。ただ世話をしてくれようとしただけの人に、どうして腹を立てることができるだろう。

ほんとうはわかっている。正直に言うと、彼にあれこれ心配されるのは悪い気持ちではない。キースは一度として、あんなふうにしてくれたことはなかった。それなのにディロンがと思うと、驚かずにはいられない。

キースは高価なプレゼントをくれたし、自分の気が向くことならいくらでもロマンティックにふるまったが、わたしの気持ちや健康を思いやってくれたことはなかった。朝のコーヒーを運んでくれたり、寒い冬の夜にもう一枚毛布をかけてくれたり、体調を壊しているときに気遣って電話をかけてくれたりするような日々の細やかな心遣いを示したこともなかった。

冷蔵庫を開けたエミリーは中段にあるボウルに目をとめて息をつめた。

ゼリーだ。弱ったおなかをいたわるために、ディロンが作ってくれたのだろうか。もちろん、こんなこともキースには一度もしてもらわなかった。

ボウルを手に取ると、赤いゼリーがぷるんと揺れた。

いくらおなかの子供のためとはいえ、ディロンは優しすぎる。

エミリーは悲しげな表情のまま引き出しからスプーンを出し、カウンターに寄りかかって食べはじめた。

いままではキースを弁護して、彼は単に気がつかないタイプだったのだと思ってきた。病院の仕事が忙しくて妻を気遣うことができなかったのだと。そして、夫とはそういうものだと。

だが、心の底では、自己中心的なキースが、自分を忘れて純粋に他人を思いやることなどありえないとわかっていた。

キースは有能な癌《がん》専門医だったが、興味があったのはあくまでも病気そのもので、それを患う人々ではなかった。彼にとっては、癌は面白いパズルのようなものであり、手ごわい浸潤や転移をあの手この手で打破したり、チャレンジしたりすることが楽しかったのだ。

臨床時の態度も完璧《かんぺき》で、患者の尊敬を集めたが、それは彼らの反応が自分の自尊心を満足させるからであって、真実、彼らのために心を砕いていたわけではない。

エミリーは苦痛に表情をゆがめて目を閉じた。かつて愛した人の欠点を認めることは難しい。愛したばかりでなく、七年間ともに暮らした相手であり、子供の父親でもある人だ。それでも、事実は事実なのだ。

この数カ月、何度も苦しめられてきた思いだ。以前からうすうす気づいていたのだが、真実に直面するのがいやで、わたしは考えるのをやめていたのかもしれない。だが、キースがああいう亡くなり方をしたので、とうとう免れられなくなったのだ。

エミリーは揺れるゼリーを見つめていたが、もう一さじすくったとき、彼女の口元にかすかな笑みが浮かんだ。

あの荒っぽくて寡黙な、いかにも男性的なディロンがこんな優しい思いやりを示せる人だったなんて、いったい誰が信じるかしら。

9

「ディロンに頼んでごらんなさい。きっと、喜んでしてくれるから」

「でも……」

「何を頼むって?」

ガートとエミリーが振り向くと、ディロンがドアを開け、六月の熱い風と太陽の香りをともなって入ってきた。彼はエミリーのデスクの前で立ち止まり、ヘルメットを脱いで片方の眉を上げた。

「なんのことだい?」

エミリーはまっすぐに見つめられてたじろいだ。

「な、なんでもないの。たいしたことじゃないの。ほんとうよ。忘れてちょうだい」

「あら、ばかなことを言わないで」ガートが、あわてて止めようとするエミリーを無視して言った。「エミリーはラマーズ法の教室に通うことにしたんですって。それで、わたしにお産を励ますコーチ役を引き受けてくれないかと言うのよ。光栄だし、できればそうしてあげたいけれど、わたしは週に二回、聖書の研究のクラスに通っているでしょう？　それに、この年齢ではちょっときつい気もするの。それで、ディロンなら引き受けてくれるんじゃないかと言ったのよ」

「ガート、わたしは――」

ディロンはガートからエミリーに視線を戻した。

「いいとも、引き受けるよ。問題はない」

「だめよ。こんなこと、頼めないわ」エミリーは必死で言い張った。ここで働きはじめてからディロンの印象はずいぶん変わったが、それにしても、なんでも頼めるというものではない。

確かにディロンは不思議な人だ。いつもはほとんどわたしがいることを意識していないようなのに、助けが必要なときには、待ちかまえてでもいたように必ずそばにいて、どんなことでも進んでしてくれる。たとえ、それが嘔吐《おうと》する間、頭を支えたりすることであっても、ナイトガウンしか身に着けていないわたしをベッドに寝かせたりすることであったとしても。

だがそれでも、ディロンに出産に立ち会ってもらったり、ラマーズ法のコーチ役を頼むなどということは、考えただけでどぎまぎして顔が真っ赤になってくる。

「わたし、ディロンが……忙しいことは知ってるわ。それに、いままで、ほんとうにお世話をかけたんだもの。これ以上、何も頼めないわ」

「頼む必要などない。自分の意思でさせてもらうんだから。ほんとうのことを言うと、うれしいんだよ。

きみのベビーの誕生のために、役に立てるんだから」

彼は心からそう思っているように見えた。エミリーは驚き、感激したが、同時に動揺もした。こんなことを言われたあとで、どう断ればいいのだろう。

「それがいいわ。ディロンは生まれてくる赤ちゃんの伯父なんだし」ガートが言った。

「ど、どんなことをするかわかっていないとしか思えないわ。コーチは陣痛の間、ずっと励ましていなくちゃならないのよ。いっしょに分娩《ぶんべん》室に入らなくちゃならないのよ。そんな……そんなこと……」

「僕が気を失うとでも思っているのかい？」ディロンの口元に笑みが浮かんだ。「なんとか乗り越えられると思うよ」

「ほら、言ったとおりでしょう。決まったわね」ガートが得意げに言った。

どうしても、やめてほしいと説得できる言葉が見つからない。エミリーはぐったりと椅子の背にもたれた。「こんなことになるんじゃないかと思ったのよ……」

どうしよう。ディロンがコーチに。どうしてこんなことになってしまったのかしら。

「よし、決まりだね。教室に出かけるのは何曜日だい？　迎えに行くよ」

それから三日間、エミリーはずっといらいらして過ごした。だが、どんなに考えても逃れる方法は思いつかなかった。そして木曜日になり、ディロンが迎えに来る時刻が迫ったときには、また気分が悪くなるのではないかと思うほど緊張していた。

教室が開かれるコミュニティ・センターまで車で行く間も、エミリーは一言も話さず、持ってくるように指示されていた枕《まくら》を抱えて助手席に座り、横目でときおりディロンのようすをうかがっていた。

怖い感じがするよそよそしいディロン――この彼が、ほかの未来の父親たちが妻にするような、陣痛から出産するまでのサポートをしてくれるのかしら。

エミリーは瞳を閉じて体をふるわせた。

やめたほうがいいかもしれない。ラマーズ法のポイントは、リラックスして意識を陣痛や出産の痛みに向かわせないことにある。ディロンの声で励まされて、鋭い視線で見つめられても、リラックスなんてできそうもない。まして、彼に触れられたりしたら……。

そのとき、石鹸《せっけん》とシャンプーの香りにウッディーノートのコロンの混じった香りがして、エミリーは再びそっと彼を見た。

わざわざシャワーを浴び、髭《ひげ》を剃《そ》ってから迎えに来てくれたのだ。いつもならこの時刻にはうっすらと浮かんでいるはずの髭が見えない。それに、黒髪には湿り気が残っている。きれいになでつけられているけれど、乾いた毛先が少しカールしていた。

彼の横顔に視線を走らせたとたん、エミリーは鼓動が速まるのを感じた。荒削りではあるが、ディロンはほんとうにハンサムだ。しばらくは繊細で洗練されたキースと比べてばかりいたけれど、このごろは、ディロンには男性的な魅力があると思うようになってきた。大きくて日に焼けていて……そして、ほんとうに男らしい。

アイリーンやそのほかの女性たちがなぜ毎日のようにディロンに電話をかけてくるのか、わかるような気がする。

ふいに恐れと感謝と罪悪感が入りまじった気持ちに襲われて、エミリーは窓の外に視線を向けた。

正直に言えば、ディロンはすばらしい人だ。ときには高圧的にも思えるやり方ではあったけれど、六カ月間わたしを支えてくれた。たとえそれが義務感からしてくれたことだとしても、感謝の気持ちは変わらない。そして、彼は、いまもまた助けてくれようとしている。

教室に入ると、すでに五組のカップルとインストラクターが来ていた。

「これでそろいましたね」インストラクターが言い、エミリーのほうへ手を差し出した。「エミリー・マグワイアですね。わたしはインストラクターのキャロル・ベンソンです」そう言ってからディロンのほうへ向き直る。「あなたは?」

「ディロン・マグワイアです」ディロンはインストラクターと握手をした。

全員を紹介をし終えてから、キャロル・ベンソンは手をたたいた。「さあ、半円を描くように座ってください。始めましょう」

ディロンはエミリーの手を取って指定された位置まで行き、ほかのカップルと同じように並んで座った。

彼は片手をやや後ろにつき、もういっぽうの腕を膝にのせている。くつろいだ姿勢だ。そのために、ジーンズに包まれた脚がいつもよりさらにたくましく感じられる……。

エミリーは自分の視線が彼の腿のあたりに向かったことに気づき、驚愕《きょうがく》して目をそらした。一瞬のうちに、火がついたように全身が熱くなった。たぶん、耳まで真っ赤になっているに違いない。

彼女は困惑し、ひたすらキャロル・ベンソンを見つめつづけた。心臓が大きな音をたてて跳ねている。耳の中で脈打つ音が大きくなって、キャロルが何を言っているのか聞こえない。もしかしたら、ディロンに気づかれているのではないかしら。

お願いだから、気づかないで! そう思いながら、エミリーはどうしてもディロンのようすを見ることができなかった。

わたしはどうなってしまったの? 男の人のこと

を妙な視線で見るなんて。しかも、ディロンのことを。

エミリーは自分の気持ちと心臓を落ち着かせようと深く息を吸った。こんなことはふつうのことだわ。六カ月も一人でいたんだもの。少しくらいそういう反応をしても当然なのよ。それだけのこと。それに、今日はディロンにコーチ役をしてもらうことで神経質になっていたのだから、自分を責める必要は絶対にないわ。

「いいですね。では、ストレッチ・エクササイズを練習してみましょう。この運動は妊婦がリラックスするのを助け、コーチ役とのパートナーシップをはぐくみます」

エミリーはため息をついた。無理よ。リラックスすることなんてできないわ。

だが、彼女は言われたとおりに枕《まくら》に頭をのせて横になった。ディロンが足元にひざまずく。そして、彼の大きな手が足首をつかんだとき、エミリーはキャロルの言葉を聞いて予測していたにもかかわらず、驚いて足を引いた。

「どうしたんだ？　どこか痛くしたかい？」ディロンも手を引っこめ、心配した顔で彼女を見た。

「違うの！　あなたのせいじゃないのよ。ちょっと……筋肉が痙攣《けいれん》しただけなの」

ディロンは納得して再び足首をつかみ、キャロルの言葉に耳を傾けた。熱心に聞くあまり雷神のように険しい表情になり、指導されるとおりにエミリーの足を動かして、エクササイズを進めていく。

驚いたことに、すべてがスムーズに運んだ。ひとたび納得したことを全力を傾けてやりとおすというつものディロンの仕事の仕方を考えれば、当然のことかもしれない。

ディロンはエミリーの力を慎重に推しはかりながら、最大の効果が上がるように力を加えていく。そして、ウォーミングアップが終わるころには、エミリーの体はすっかり柔らかくなっていた。

　キャロルは、次に妊娠の段階別の呼吸法を説明し、妊婦に練習させた。

「いいでしょう。次は、コーチ役がタイミングを心得る練習です。妊婦さんは横になってください。さて、コーチの仕事は未来のママを元気づけ、導き、助けることです。そのためには、陣痛のようすを観察して、タイミングよく呼吸指導をしなくてはなりません。では、こちらのカップルにモデルになってもらって説明しましょう」キャロルはそういってエミリーとディロンに近づいてきた。

「ミスター・マグワイア、脇《わき》へまわってください。はい、けっこうです。さあ、手を奥さんのおなかに当てて」

「なんですって?!」エミリーは驚いて枕から顔を上げた。「違うんです！　この人は夫では……まあ！」

　ディロンがぎゅっと手を握ったので、エミリーは彼をにらみつけた。だが、ディロンはそれを無視してキャロルにほほえみかけた。

「押すんですか?!」

「いいえ、優しくてのひらを当てるだけですよ」

　ディロンは水色のマタニティドレスに包まれた腹部のふくらみを見つめた。

　そして、息を吸い、右のてのひらをジーンズで拭《ぬぐ》ってからゆっくりと腕を伸ばした。たこのできた長い指をおずおずと広げ、一瞬躊躇《ちゅうちょ》してから、エミリーのおなかにそっと下ろす。

　そのとたん、エミリーは息をのんだ。ブロンズ色に日焼けした大きな手がパウダーブルーのマタニティドレスの上にのっている。ディロンは一瞬彼女と目を合わせたが、耐えられないとでもいうように、すぐに視線を腹部に戻した。

　エミリーは目を閉じて、息をすることさえできずにじっとしていた。おなかに置かれた彼の手が熱い。一本一本の指までが、まるで焼き印のように肌を焦がしている気がする。

彼女は心の中でうめいた。ああ、彼は軽く触れているだけよ。愛撫《あいぶ》しているわけではないのに、どうしてこんな気持ちになるの？　いままで、これほど体がうずいたことはないわ。

エミリーは薄く目を開けてディロンのようすをうかがった。彼はいつもの無表情な顔のまま、おなかのふくらみを見つめている。あなたは何を考えているの？　何を感じているの？　もしも、感じていれば、だけれど。

「分娩の段階に入ると、おなかの筋肉の収縮で陣痛が始まったことがわかります。コーチにとっては、それが産婦に第一段階の呼吸法を促すきっかけになります。コーチは時計を見て、陣痛が続く長さと休止する長さを測っておかなくてはいけません。それから、声はあくまでソフトに。いいですね？　命令するのではなく、励ますのですから」

最初の実技演習が始まり、ディロンはエミリーのおなかに手を置いたまま腕時計をにらんだ。それから、キャロルの指導に従ってエミリーの肩をマッサージし、顔の汗を拭《ふ》くしぐさをしてから、励ます言葉をささやいた。

キャロルが次の陣痛に備える合図をして、ディロンは元の位置に戻った。彼が再びエミリーのおなかに手を触れると、偶然にも胎児がおなかを蹴《け》った。

「うわっ！」ディロンは、高圧電流の送電線に触れたかのように手を引っこめた。顔も引き、エミリーの目を見つめる。「痛かったんだろうか？」

エミリーは首を振った。ディロンの反応が面白くもあり、二人が親密なできごとを共有したことが決まり悪くもあった。

「ほんとうに？」

「ほんとうに、なんでもないのよ。赤ちゃんが何かを感じただけ。すてきな何かを」

「驚いた……」

しばらく腹部を見つめてから、彼はもう一度おそるおそる手を置いたが、それを待っていたかのように子供が活発におなかを蹴った。

ディロンが目を見開く。「うわあ……」

救いを求めるようなまなざしを向けるディロンを見ているうちに、エミリーは胸に痛いほど満ちてくるものを感じた。彼の顔から石のような表情が消え、代わりに初めて見る喜びと畏怖《いふ》の表情が現れた。

エミリーもガートに負けず劣らず、書類の整理が嫌いだった。ディロンが部屋から飛び出してきたときには、もう一時間も書類整理をつづけていた。

「一番東の現場にエリックといっしょに行っているから」彼はいつものきびきびした声で言いながら戸口まで行った。ドアのノブに手をかけてから、思いついたように立ち止まり、眉根を寄せてエミリーのほうへ振り向いた。

「それほど長くならないと思うが、終業時刻までに戻らなかったら呼び出してくれないか」

「急いで戻ってくる必要はないわ。わたしなら待っているから」エミリーは言った。

ディロンは大きくなったおなかを見て首を振った。

「だめだよ。きみはなるべく早く家に帰って、足を高くしておかなくては。だから、帰り支度ができたら呼んでくれ」

彼はそう言い置くとヘルメットをかぶり、ぐいっとドアを開けて出ていった。

「なんなの？」ガートが片方の眉をつり上げた。

「なんでもないの。わたしの車にちょっとしたトラブルがあって、今朝、ディロンがここまで乗せてきてくれたから」

「ああ、それで。よかったわね」

「ええ。ディロンは親切な人だわ」エミリーは注文書をファイルにはさみながら、小さな声で同意した。

短い沈黙が流れ、エミリーはガートが観察するように自分を見ていいるのを感じていた。

「ところで、ラマーズ法の教室のほうはどう?」

エミリーの心臓が跳ね上がった。「順調よ」

「ということは、ディロンはまあまあのコーチになれそうなのね」

「ええ」

「よかった。じゃあ、二人は呼吸が合わないわけじゃないのね?」

エミリーは肩越しにガートが期待しているであろう笑みを返した。「ええ。うまくいってるわ」

それから手を止め、窓に視線を向けて、現場へ急ぐディロンの姿を目で追った。

確かにそうだ。最近の二人は、呼吸が合わないわけじゃない。というより、うまくいっているというほうがふさわしい。

マグワイア建設に勤めはじめたときには、ディロンと距離を保ってクールな関係でいつづけようと決意していたのに、いまではそれが不可能だとわかっている。

エミリーは苦笑を浮かべた。背中やおなかをさすってもらったり、気にかけてもらったりしていながら冷淡に接するのは難しい。

ディロンがラマーズ法のコーチ役をすると立候補してから五週間。気がついたら、いつのまにか親しくなっていた。

どんなに辞退しても、ディロンは世話をすると言って聞かないのだ。

エミリーは罪悪感を覚えながらガートをちらりと見た。今朝、ディロンが送ってくれたのは、車が故障したからでなく、おなかが大きくなってきてわたしが運転しづらくなったからだ。運転できないわけではないが、自分にもまわりにも危険がおよぶかもしれない。冗談で、ついでに乗せていってもらおうかしらと言ったら、ディロンが本気でどこへ行くにも送り迎えを始めたのだ。

赤ん坊に必要なものを買い整えるためにショッピングモールへ連れていき、ベビーベッドやおむつ替え用の台を運んでくれた。用事も代わりにしてくれるし、職場だけでなく、食料品店へも、薬局へも、クリーニング屋へも、美容院へも、送り迎えしてくれる。そしてドクター・コンに診察してもらうときでさえ送ってくれるようになった。

振り返ってみれば、二人の関係は以前から少しずつ変化していたと思う。ラマーズ法の教室に通い出してから、それが一気に加速したようだ。

初めは二人でいるときのわたしの意識の小さな変化にすぎなかった。けれども彼といっしょに過ごすうちに、長い間持ちつづきてきたディロンのイメージが、彼本人によって日々変えられてきた。

ほかにも要因があった。わたしがキースのことに正面から向き合う気持ちになり、客観的な考え方ができるようになったこともある。そして、ディロンの荒々しい外見の中にあるものを見ることができるようになったのだ。つわりで嘔吐してディロンが介抱してくれた日のことを思い出すと、いまでも笑みがこぼれる。もしかしたら、真のきっかけは、冷蔵庫に残されていた、あの赤いゼリーだったかもしれない。

理由はどうあれ、わたしはディロンのことを以前とは違う視点でとらえはじめている。好意を持ち合えない相手でも、うっとうしい頭痛の種でも、夫の兄弟でもない一人の男性として。温かく、考え深く、信頼できる男性としてだ。

もちろん、すべてが変わったわけではない。ディロンにはまだ気づまりな思いにさせられるし、男性的な部分に圧倒させられる。それでも、少なくとも、彼が近くに来るたびに逃げ出したいとは思わなくなった。それに、彼を見るだけでいらだつこともなくなった。

ところが、気持ちは落ち着きを取り戻しつつあるというのに、何かがおかしいのだ。ひそかに恥じ、恐れているのだが、彼がラマーズ法のコーチ役を務めてくれるようになってから、単に男性として意識するだけでなく、肉体的な魅力を感じている。

妊娠しているせいだと思う。何かの本に、妊娠中に性的欲望を感じやすくなる人がいると書いてあった。七カ月も一人でいるのだから無理もない。そう思いながらも、なぜよりによってディロンなのかと悩んでしまう。

ディロンが建築現場を歩きまわったり、スタッフと話し合う姿を見ているだけで、頭の中がショートしたように奔放なエネルギーが暴れ出し、うっとりと彼に見とれてしまう。これでは、まるでティーンエイジャーだ。そういう自分を認識できる分だけ、さらに始末が悪い。

エミリーは自己嫌悪に陥って視線を彼から引き離し、フォルダーをキャビネットに戻して引き出しを閉めた。

「どうかした?」ガートが顔を上げて、デスクに戻るエミリーを見た。

「いいえ。ファイリングにうんざりしただけよ」

「ああ、それについては非難できないわね」ガートはそう言って、データの入力を再開した。

エミリーも送り状の束の仕分けに取りかかった。なぜかディロンに惹《ひ》かれるというこの不適切な感情が存在するだけで充分屈辱的なのに、完全に一方的なので、さらにいたたまれない気分になってしまう。

ディロンはエミリーといっしょにいても以前より

ずっとリラックスして見える。親しげに接してくれるようにもなった。気軽に話せるようになったし、ときにはいっしょに笑うようにさえなった。

大きくなっていくおなかや、それにともなうさまざまな変化に驚き、不器用な表し方ではあるけれど、注意と思いやりを向けてくれている。すべての女性が夫に望むであろう思いやりだ。そして、キースからは決して受けることがなかったものだ。

だが、そこまでだった。友情以上のものを抱いているという気配は、一度も見せたことがない。

これでは、まるでばかみたいだわ。

エミリーはため息をついた。それに、いくら自分を責めてもだめなんじゃないかしら。ディロンには、率直でありながら強く訴えかける何かがある。いつものようにワークブーツとジーンズとシャツを身に着けていても、デザイナーブランドのスーツを着ていても、変わることがないのだから本物だ。

仕事着姿の彼はとても男っぽい。百九十三センチの身長、逆三角形のたくましい上半身、引きしまった長い脚、輝くようなブロンズ色に日焼けした肌、そして、優れた知性。そのすべてがわたしの胸を高鳴らせる。彼が、まるで『GQ』誌のグラビアから抜け出したようないでたちで本社から現場事務所へ来たことがあったが、そのときも同じように鮮やかに魅力を放っていた。

エミリーは自分がまた余計なことを考えていたのに気づいて小さな声をもらし、奥歯をかみしめた。ああ、神さま。わたしには、どうしてもこの気持ちを抑えられないのです。

僕はなんてだめな男なんだ、とディロンは思った。なんの価値もない臆病《おくびょう》者だ。エミリーに真実を告げるべきなんだ。いますぐ、赤ん坊が生まれる前に。そうしなければいけないとわかっているのに、怖くて後込《しりご》みしている。

仕事が終わり、陽気に言葉をかけ合ってそれぞれの車に乗ろうとするスタッフの間を、ディロンは物思いにふけったまま、大股で地面に穴が開くほど勢いよく事務所へ向かっていた。今日は給料日の金曜日だ。人々の気持ちも弾む。

エリックや何人かのスタッフが別れの言葉をかけ、ディロンの暗い表情に驚いていたが、ディロン自身はそれにも気づかないほど上の空だった。

問題は、エミリーがとうとう自分に信頼を寄せはじめ、好意さえ見せるようになったということにある。送り迎えをしたり、日常のさまざまなことをいっしょに行ったこの数週間はあまりにすばらしかった。この幸福を失いたくない。真実を告げるのは、ささやかな友情が育ちつつあるいまでなくてもいいのではないだろうか。

「だが、その友情は嘘《うそ》という温室ではぐくまれているんだ」ディロンはとうとう独り言をつぶやいた。「事実と向き合うべきだよ、マグワイア。さもないと、罪悪感に苦しめられるばかりだ」

事実を明確にしなくてはいけない。エミリーには事実を知る権利がある。それはわかっているのだが、彼は知らせるのが怖かった。

ディロンはののしりの言葉を吐き、地面に落ちていた空き缶を蹴った。

しかたがない。今夜、話そう。ディナーに誘い、彼女がリラックスしているときに話すんだ。

きっと、ショックを受けて動揺するだろう。憤慨して、僕を憎むに違いない。だが、そうであっても無理はない。僕はキースが彼女を騙《だま》すのに荷担したことになるのだ。そのうえ、沈黙を続けることで、僕自身も彼女を騙してきた。

ディロンは罪悪感に歯がみした。ええい、なるようになれ。もしも元のよそよそしい関係に戻らなければならないとしても、僕がそれだけのことをしたからだ。だが、たとえあと七年かかろうとも、いつかはあるべき状態に戻してみせる。

ディロンは事務所のトレイラーの外で足を止め、深呼吸をし、決意を固めてからドアを開けた。

エミリーが顔を上げてほほえんだ。「おかえりなさい。時間どおりだったわね」

「ああ。支度はできているかい?」

「すぐにできるわ」エミリーはデスクの上を片づけてコンピューターにカバーをかけ、引き出しからバッグを出して立ち上がった。「これでいいわ。さようなら、ガート。また月曜日に」

エミリーはデスクの角をまわり、戸口へ向かって進みかけ、二度ふらついて立ち止まった。顔に驚きの表情が浮かび上がる。「まあ……わたし……なんだか……」

「エミリー!」彼女が床に膝をついて崩れるのと同時にディロンが駆け寄った。「エミリー! どうしたんだ? エミリー!」

「まあ、たいへん!」

ガートも驚いて駆け寄ったが、ディロンはエミリーの頬をたたいて呼びつづけた。「エミリー! エミリー、目を開けるんだ! なんとか言ってくれ!」

だが、反応はない。顔色は真っ青で、生気が感じられなかった。ディロンは恐怖に駆られて彼女の手首をこすって温め、もういっぽうもこすってみたが、やはり反応はなかった。

「救急車を呼ぶ?」ガートが言った。

「いや、待っている時間が惜しい」ディロンはエミリーを抱き上げて外へ向かった。「このままセント・ジョン病院に運ぶ。ドクター・コンに電話して、緊急治療室で落ち合いたいと言ってくれないか」

「それは無理です」エミリーは驚いてドクター・コンに訴えた。

「エミリー、流産の危険性があるんですよ。もしもベビーを助けたかったら、出産までベッドで過ごす必要がある」

「でも――」

「確かにつらいとは思うけど、六週間か七週間のことなんだから」

「先生はおわかりになってないわ。それはできないんです。わたしは仕事を辞められないの。唯一の生活の手段なんです」

「ほかに選択肢はないんですよ」

「そのとおり。選択肢はないんだよ」

ディロンの声が聞こえ、エミリーとドクター・コンは振り向いた。

ディロンは腕を組み、難しい顔をして緊急治療室の壁に寄りかかって立っていた。彼はエミリーが気がついて初めて見たときと同じ表情をしていた。

一時間ほど前に彼女を運びこんだとき、緊急治療室の医師と看護婦は病院の方針だとしてディロンに退室を要求したが、おとなしくここに立っているからと言い張って残ったのだった。

彼は有無を言わせぬ口調で続けた。「先生がベッドで安静にしていろと言ったら、そうしているんだ。仕事のことは忘れなくちゃいけない。いいね？　いまこの瞬間から、きみはもうマグワイア建設の社員ではない」

「ディロン！　わたしが働かなければ生活できないことを知っているくせに」

「金のことなら心配いらない。僕の家に連れて帰るから」

「なんですって？　あなたといっしょに暮らすことなんかできないわ！」

「あのアパートメントに一人でいることだってでき

ないだろう？　二十四時間きみの世話をして、手助けする誰かが必要だ。住みこみの看護婦を雇ってやりたくても、あそこではその場所さえない」

「看護婦さんなんていらないのよ。そんな余裕はないもの」

「僕が雇うと言っているんだよ。今度ばかりは、その頑固なプライドを引っこめるんだね」

「はっきり言って、いい提案だと思いますよ」ドクター・コンは聴診器を白衣のポケットにしまいながら出口へ向かった。「二人で話し合ってください。でも、どこで過ごそうと、これから六週間は横になって安静にしていること。いいですね？」

エミリーはドクターが出ていくとすぐに、強い口調でディロンに言った。「本気よ、ディロン。わたしはあなたの家には行かないわ」

「なぜ？」

「そんなこと、できないからよ」エミリーは視線を合わせていることに耐えられなくなって下を向き、神経質に毛布をつかんでいる自分の指を見つめた。視界の隅で、ディロンが首を傾けて不機嫌そうに目を細めた。

「きみは世間体を気にしているんだね。キースが亡くなったあとで僕を追い出したときのように」

「だったらなんだと言うの？」

「エミリー、どうしてだめなんだ？　最近では、結婚していないカップルがいっしょに暮らすのはごくふつうのことだろう。恋愛中のカップルというわけじゃなくてもだ。単なるルームメイトということだってある」

「そうかもしれないわ。でも、わたしは子供のころ祖父母と暮らしていたから、きっと価値観や道徳観が時代遅れなのよ。時代がどんなに変わったとしても、いっしょに暮らすのがいいことには思えないわ」

「わかった」

ディロンはそれきり考えこみ、エミリーも居心地の悪さと闘いながら黙っていた。

やがて、彼がうなずいた。「いいだろう。きみがそんなに言い張るなら、残された方法は一つしかない。準備ができしだい、結婚しよう」

10

「結婚？」エミリーは驚いて彼を見た。「あなたとわたしが？　冗談でしょう？」

「これよりいい考えがあるかい？　きみは僕に援助させないという。僕の家で過ごすことも拒否する。きみが生活保護を受けるつもりにでもならないかぎり、結婚するしかないじゃないか。生活保護を受けるのはいやなんだろう？」

「いやよ、もちろん。でも、あなたは？　独身主義者なんでしょう？　キースがよく言っていたわ。ディロンは結婚するタイプじゃない、楽しむのが好きなんだって。結婚なんかしたくないはずよ」

ディロンは、読みとることができない何かの表情を浮かべてじっとエミリーを見つめた。「僕が何を望むかは僕の問題だよ、エミリー」

エミリーはたじろいだ。「そうだけれど……でも、結婚というのは人生の重大なステップだわ。そういうことを考えないの?」

「きみとベビーがこの危機を切りぬけられるなら、どうということはない」ディロンはなんの感情も含まない声で答えた。「その子は僕と血のつながった身内だ。きみとベビーを守るのに必要なことならなんでもする」

「わかったわ」エミリーは毛布を握っている自分の手に視線を落とした。わたしがばかだったわ。いったい何を期待していたの? 彼が不滅の愛を誓ってくれるとでも思ったの? 「そのあとは……ベビーが生まれたあとはどうなるの?」

「ふつうと同じだ。夫婦で協力して子供を育てる。三人は家族になるんだ」

「それでは……ほんとうの結婚をするつもりなの?」エミリーは頬が熱くなってくるのを感じた。言葉を口にするのもやっとだったが、確かめないわけにはいかなかった。

ディロンは再び彼女をじっと見つめた。彼は長い間黙りこみ、エミリーの背中にふるえが走った。

彼はやっと口を開いた。「そうだ。あらゆる意味でね。だが、それはきみがそのつもりになってからのことだ」

「でも、それではあまりにあなたが損をするのではないかしら。そのあとであなたが誰かに出会って恋に落ちたらどうするの?」

「そんなことは起きない」

「断言できることではないわ」

「確信がある。きみは僕の言葉を信じればいい。だいじょうぶ。そういうことは問題にならない。キースと違って、僕は結婚を厳粛なものとしてとらえている。不実なことは絶対にしないと誓うよ、エミリー。僕が結婚の誓いを立てるとしたら、それは永遠のものだ」

エミリーはどきどきしながらディロンの険しい顔を見つめた。澄んだ青い瞳が鮮やかに輝いている。彼は、嘘《うそ》は言っていない。ディロンは無愛想で少し荒っぽいところがあるけれど、ありあまる魅力と一流大学出身という学歴を持つキースにはなかった、たくさんの美点を持っている。

揺るぎない価値観と誠実さを備えていて、実に頼もしい。心をゆだねたとしたら、最大限の配慮と優しさで応《こた》えてくれる人だ。そのうえ、幸運にも彼の愛情を得ることができたら、それは永遠にわたしのものになるのだ。

彼がハンサムでセクシーな男性であることも悪くない。それを認めるのは、ことにこの状況では、ばつが悪い気がするが、肉体的な意味で言うと、キースを含めたほかのどの男性より強く惹《ひ》かれる。

この事実を認める自分に驚いてしまうが、否定はできない。七年前からディロンを知っていたのに、最近になって初めてこういう見方をするようになったことが不思議だ。

ディロンと愛を交わすことを考えると、頬が赤くなってしまう。

「それでは、あなたは……愛のない結婚でもいいと言うの？」

「そうは言っていない。便宜上の結婚を続けるうちに深く愛し合うようになるカップルもいるだろう。きみと僕もそうなれるんじゃないかと思う。ここしばらく、なんとかいっしょにやってこられたじゃないか」

「そうね」

「それに、気に入るものが共通しているのにも気づいた。ということは、価値観が同じということではないだろうか」

エミリーが顔をしかめてみせると、ディロンは口元にかすかな笑みを浮かべた。

「確かに共同生活に対しては僕のほうがもう少し自由なとらえ方をしているが、ほとんどの場合、二人の価値観はかみ合っている。つまり、僕が言いたいのは、この数カ月で二人が過去の障害を乗り越えて親しくなったということなんだ。なんというか……友達になっただろう？」

エミリーがうなずいたので、彼は満足げな表情になった。

「だから、それを基礎として関係を築いていけるんじゃないかと思っている」

「でも、ディロン、あなたの言うことが全部真実だとしても、あまりに早すぎるわ。キースが亡くなってからまだ――」

「わかっている。まだ七カ月あまりしかたっていない。だが、ふつうの状況じゃないんだ。この際、慣習は無視してもいいんじゃないかな。きっと、キースも賛成してくれるはずだ」

エミリーは弱々しくほほえんだ。それはどうかしら。キースはわたしを自分だけのものと思っていた。だから、わたしが再婚することを喜ばないはずだ。相手がディロンなら、なおさら。

キースは彼なりに兄であるディロンを愛していたけれど、その見かけの下に、エミリーには理解できないライバル心や嫉妬《しっと》を常に忍ばせていた。事実、ディロンがビジネスで成功して富を築くと、それに対抗するように、キースも負けじと彼の分野で成功を収めた。経済的にはとてもかなわなかったが、ほかの点では。キースの態度は、わたしには理解できなかった。

ディロンは組んでいた腕を下ろして壁から離れ、エミリーが寝かされているストレッチャーの脇《わき》に立って手を取った。そして、華奢《きやしゃ》な白い手を観察するように見つめてからすっと視線を合わせた。「それで、きみの答えは?」

エミリーは心を決めかねて唇をかみ、ディロンを見つめた。つらい。息もできないほど胸が締めつけられている。ディロンとの結婚。数カ月前までなら、考えるだけでぞっとし、申しこみを即座に断っただろう。だが、いまとなっては、常識や社会習慣の問題はさておいても、そうは簡単にはいかない。

迷うのは、きっと、ディロンが説得上手だからだ。でも、こんなことはいままで考えてみたこともなかった。それほど長い間一人ぼっちでいたわけでもないし、ディロンに恋なんて絶対にしていない。

でも、それなら、わたしはなぜ断らないの?

エミリーは目を閉じて心の中でうめいた。それは、わたしの心の一部が断りたくないと思っているからだ。愚かで思慮に欠けているとわかっていながら、ディロンと結婚すると思うと体がぞくぞくするのを抑えることができない。

それに、無愛想に見えても、ディロンはきっとよき夫となり、よき父親となる人だ。

そして、心をとろけさせる恋人にもなりうる。

エミリーは深く息を吸って、気が変わらないうちに目を見開いて彼を見た。「わかったわ。結婚しましょう」

小鼻を少しふくらませたのがディロンが示した唯一の反応だった。一瞬、青い瞳に何かが——勝利の喜びのようなものがよぎった気がしたが、それはすぐに消えていた。表情は変わらないし、筋肉一つ動いていない。もしかしたら、いまのは自分の希望が見せた幻だったのかもしれないとエミリーは思った。

「よかった。合意に達してうれしいよ」

エミリーは彼のそっけない言葉を聞いて落胆したが、すぐに自分を戒めた。何を期待していたの?

ディロンが腕に抱き上げてくるくるまわるとでも思ったの？　彼は、結婚したいわけでもないのに、一族としての崇高な責任感から楽しい独身生活を捨てようとしているのよ。

二人とも、このベビーのために結婚するのだ。その事実をよく覚えておかなくてはいけないわ――エミリーは自分に言い聞かせた。

実際、これが最良の方法なんだもの。キースと結婚したときは恋のために何も見えなくなっていて、さんざんな目に遭ったでしょう。

エミリーは毛布の上で指を組み合わせて、ためらうような笑みを浮かべて彼を見た。「それで……どうするの？」

「すぐに準備を整えるから、順調にいったら来週早早に式を挙げよう」

「そんなに早く？　でも、お義母《かあ》さまに反対されないかしら？」

「そんなことにはならない。結婚式が終わるまで知らせないつもりだから」

「ディロン、あなたのお母さまなのよ！　式には出席していただくべきだわ。子供のことをお話ししていないから、きっと動揺なさるだろうけど、でも何も知らせないでわたしたちが結婚したら、それどころではすまないわ。激怒して、一生、許してくださらないんじゃないかしら」

ディロンは陰気な笑い声をたてた。「いまさら、どうだというんだ？」

彼は困惑しているエミリーを見て首を振った。

「どのみち無理なんだよ、エミリー。もしも半年前に告げたとしても、母は絶対にこの結婚に賛成しない。知ると同時に、総力をあげて壊しにかかるだけだ。そうとわかっていて、知らせることはないだろう？」

エミリーはさらに説得しようとしたが、熱意が足りなかったのか、結局、ディロンに押し切られてしまった。彼女も彼の言うとおりだとわかっていた。気に入られている嫁ではなかったが、それにしても、キースが亡くなってこんなにすぐに再婚すると言えば、反対されるに決まっている。知らせないことに罪悪感は感じるが、ひそかにほっとしたことも事実だった。

「それに、ドクター・コンに言われただろう？　きみは安静にしていなくちゃいけないんだ。その種のストレスは禁物だよ」

「そうね。でも、お義母さまに知れたときには、とんでもないことになるわ」

「それは、そうなったときに考えよう。とりあえず、きみの電話番号を我が家に移転させておくから、もしもシャーロットか母が電話してきても、きみのアパートメントにかかったと思うだろう」

「なんだか、ごまかすみたいだわ」

「そうだが、今後六週間、母の怒りからきみを守れるなら、それもしかたないだろう」ディロンは笑い、そっと彼女の顎をたたいた。「母が帰ってきて子供が生まれたという事実を知る前に、戦闘態勢に戻っていることだね」

「そうできればいいけれど。お義母さまとわたしでは勝負にならないわ」それどころではない。アデル・マグワイアがどんな勢いで激怒するだろうと思うとぞっとする。

ディロンはすぐにまじめな表情に戻った。「冗談を言っただけだ。心配はいらない。母のことをきみに押しつけたりしないよ。時が来たら僕がなんとかする」

エミリーは翌週の月曜日に退院した。そして、その日の夕方、ディロンのペントハウスのリビングルームのソファに身を横たえたまま結婚式を挙げた。

チャコールグレイのスーツと純白のシャツ、それにシルバーグレイのネクタイという姿でかたわらに立つディロンは、息が止まるかと思うほどすてきだった。

ありがたいことに、ゲストはガートとエリックと彼の奥さん、ドクター・コンとディロンの家のハウスキーパーのミセス・ターガートだけだった。事情を知っている人ばかりだったが、それでもエミリーは、妊娠していることが目にも明らかな自分が結婚式を挙げることが照れくさくてしかたがなかった。

式の間中、具合が悪くなるかと思うほど緊張し、牧師の言葉もディロンと交わした誓いの言葉も、ほとんどわからないほどぼうっとしていた。だが、ディロンがダイヤモンドにびっしりと覆われた指輪を薬指にはめたときには、あまりの美しさと輝きに息をのんだ。たぶん、値段も一財産に相当する額だろう。

エミリーが気づかないうちに式が終わり、牧師がほほえみながら告げた。「花嫁にキスを」

ディロンがソファの端に座ったので、エミリーは目を見開いた。青い瞳に宿るはっきりした意志の輝きを見て、彼女の心臓が胸の中で大きく打ちはじめた。

ディロンは笑みを浮かべてエミリーの肩に手を置き、おどけた口調で言った。「リラックスして。痛くしないと約束するから」

彼の視線がゆっくりと下がり、驚きのためにわずかに開いているエミリーの口を見つめた。

彼の息が顔にかかってエミリーの全身は熱く脈打ち、思わず乾いた唇を舌の先で湿らせた。

半ば閉じられたまぶたの下でディロンの瞳がブルーダイヤモンドのように輝いたかと思うと、彼はエミリーを抱き寄せて静かに唇を重ねた。

夏の雨のように穏やかなキス。それでいて稲妻のように鮮烈だ。唇が触れた瞬間、エミリーの心臓は止まり、それからまたどきどきと打ちはじめた。

彼の唇は温かく、すべてを心得ていて、信じられないほど優しかった。めまいがしはじめ、脈がさらに激しさを増したと思ったとき、短いキスは終わっていた。

ディロンはまぶしそうにエミリーの見つめ、ほほえみながらささやいた。「よろしく、僕の奥さん」

「よ……よろしく」

見つめ合っていると、数秒後、自分たち以外のすべてが消えていった。だが、二人は拍手とほほえみと祝福の声のただ中にいることに気づいた。

ディロンが残念そうにエミリーの背中をソファのクッションに預け、ゲストの祝福を受けるために立ち上がった。

女性たちはエミリーの頬にキスをし、指輪を褒め、男性たちはディロンと握手をしてからかい、背中をたたいた。

そのあとは、急なことにもかかわらずガートとミセス・ターガートが料理とケーキを準備してくれていたので、それを囲んでのなごやかな歓談になった。だが、エミリーはいつまでたってもリラックスできず、さまざまな思いにとらわれていた。

早く終わってほしいとひそかに願ういっぽうで、みんなが帰って二人きりになったらどうしようと思い、いてもたってもいられない気持ちになっていた。

「どうかしたのかい?」

ソファの端に腰かけて顔をのぞきこむディロンを、エミリーは申し訳なさそうに見上げた。「別に」

「それなら、なぜ、そんな顔をしているんだい?」

「なんだか……妊娠していることに気が引けて」

「来てくれたのは親しい人たちだけだよ。みんな、よく事情を知っている」

「ええ。でも、妊娠七カ月半の身で結婚式を挙げるなんて不自然だわ。そのうえ、こんなふうにソファに寝そべっての式なんて」

わかっているのに自分を止められない。こんな気持ちになるのは、神経質になっているせいばかりではない。きっと、自己憐憫《れんびん》に陥っているのだろう。ディロンが魔法のように用意してくれた水色のシルクのレースがついたマタニティドレスの裾《すそ》を直しながら、エミリーは上目づかいに彼を見た。

「花嫁は輝くように美しいものであるべきだわ。それなのに、わたしはまるで浜に乗り上げた鯨みたいで」

それを聞いたディロンは思ってても見なかった反応を示した。頭をのけぞらせて笑いはじめたのだ。腹の底から豪快な笑い声を響かせると、部屋にいた全員が振り向いた。

深いバリトンの響きがエミリーの肌をぴりぴりさせた。いつもの厳しい表情は消え、代わりに真っ白な歯がこぼれて、瞳がきらきらと輝いている。目尻に刻まれた皺《しわ》も魅力的だ。

エミリーははっとして彼を見つめた。ディロンはまじめな顔をしていても魅力的だけれど、笑うと息もつけないくらいハンサムなんだわ。驚くほど印象が違う。なぜ、もっと笑わないのかしら。

「鯨だって？　スウィートハート、きみって人は最高だ！」ディロンは苦しそうに笑いながら目尻の涙を拭《ぬぐ》った。エミリーを見て、一度ほほえんでから彼女の顎を人差し指でなでた。「きみは輝く聖母のようだよ。とても美しい」

エミリーは驚いて、言葉もなく彼を見つめた。しばらくは心臓が飛び跳ねるばかりだったが、そのうちに、やっと舌が動くようになった。「美しい？　あなたはほんとうにそう思うの？」

だが、言い終わらないうちにディロンの顔にいつものよそよそしい表情が戻ってしまい、エミリーはまた遠ざけられた気がした。

ディロンは肩をすくめた。「もちろんだよ。ずっとそう思ってきた。そうでないなら、この目はただの節穴だ」

エミリーは何か気の利いたことを言おうとしたが、考えつく前に彼は立ち上がっていた。

「悪いが、ちょっとエリックと仕事の話をしなければならない」彼はそう言って、呆然《ぼうぜん》と背中を見つめるエミリーを残してさっさとエリックのほうへ歩いていった。

それから三十分、エミリーはよく考えてみて、先ほどの台詞《せりふ》は彼がわたしを慰めるために言ってくれたのだろうと思った。何年もわたしを無視して、なるべく顔を合わせないようにしてきたのだ。たとえどんなことであろうと、わたしの容貌《ようぼう》を気にかけていたとは信じられない。

自分が彼の言葉のことをずっと考えていたと気づいたのは、ガートとミセス・ターガートが後片づけをしはじめたころだった。その瞬間から、エミリーはディロンと二人で残されることを考えて、再びそわそわした気持ちになりはじめた。

「いいですね、エミリー、ベッドで安静にしているんですよ。なんでもディロンにしてもらいなさい」ドクター・コンが別れの挨拶《あいさつ》代わりに言った。

「そうします」エミリーは神経質な笑みを返した。

エリックと奥さんがもう一度祝福の言葉を述べ、片づけを終えたミセス・ターガートも祝いの言葉を述べたので、次はガートの番だった。

ガートはソファに腰を下ろし、エミリーを抱きしめて小さな声で言った。「わたしはあなたに自分がどんなに幸運か、わかってほしいわ。ディロンはいい人よ。あなたが考えているよりずっと。彼は長い間、苦しんできたの。彼にチャンスをあげてね。絶対に後悔しないと思うから」

なんのことだろう。エミリーはガートを見つめた。

だが、意味を問うように前にガートは立ち上がり、黙っていなさいと言うように唇に指を当ててからほかの人たちのほうを向いた。「さあ、パーティーは終わりよ。さっさと帰って、二人だけにしてあげましょう」

ゲストはガートに追い立てられて、陽気に祝いの言葉を叫びながら帰っていった。エミリーは笑ったが、心の中は不安でいっぱいだった。これは、いったい、どういうことなの? わたしはディロン・マグワイアの妻になってしまったわ。

ほどなく、ディロンがみんなを送り出して戻ってきた。彼はリビングルームへ入るアーチ形の戸口のところで立ち止まり、エミリーを見て口元に笑みを浮かべた。「結婚したね」

エミリーはそわそわして膝掛けの端をひねった。

「ええ。結婚したわ」


ディロンは首を傾けてじっと彼女を見た。「だいじょうぶかい?」

「ええ」

「そうだろうが」返事を信じていない口調だ。「もう横になったほうがいい。今日は疲れただろうから」

「でも――」

ディロンは彼女の言葉を無視して彼女を腕に抱き上げ、リビングルームを出た。

「ディロン、運んでもらう必要はないわ。ドクター・コンはシャワーを浴びてもいいし、バスルームを使ってもいいとおっしゃったから、少しくらい歩いてもいいはずよ。重いでしょう」

「そんなことはない。ドクターの命令を拡大解釈していいとは思えないよ」彼はちらりとエミリーの顔を見てほほえんだ。「それに、きみの重さは羽根枕《まくら》くらいだ。セメント袋だって片手で持ち上げる僕だから、なんということはない」

エミリーは片方の眉を上げた。「わたしをセメント袋と比べているの?」

「まあね」

ディロンは、式が始まる前にガートが荷物を解いて服をクローゼットにかけたり着替えを手伝ってくれた部屋に入り、大きなベッドの上に彼女を下ろした。ベッドカバーと毛布が折り返され、エミリーの緑がかったブルーのナイトガウンが置いてある。たぶん、ミセス・ターガートがそうしておいてくれたのだろうとエミリーは思った。

「着替えを手伝おうか?」

「なんですって? とんでもないわ!」エミリーは思わずマタニティ・ドレスの上から胸元を押さえたが、すぐに自分の愚かさに気づいて全身が熱くなるのを感じた。ありがたいことに、ディロンに悟られたようすはなかった。「いいの……ありがとう。一人で着替えられるわ」

「それならいい。脱いだ服はその椅子にほうり投げておけば、僕があとでクローゼットにかけるから」彼は戸口へ向かった。「言っておくが、バスルームであまりぐずぐずしていると、中に踏みこんで連れ出すよ」

「わかったわ」エミリーはおやすみの挨拶をしようと思ったが、ディロンはすでにいなかった。がっかりした気分で、エミリーは彼が出ていったほうを見つめた。

今夜は結婚して初めて迎える夜なのだ。恋愛結婚ではないし、花嫁が飛行船みたいにふくらんでいるのだから、セクシーな美女とデートすることに慣れているディロンはうんざりしているだろう。でも、愛を交わすという行為はないにしても、おやすみと言うくらいのことはしてくれてもいいものを。

それから、キスもだ。式のときにしてくれたようエミリーはため息をつきながら新しいマタニティドレスを脱ぎ、シルクのナイトガウンに着替えて、細心の注意を払いながらバスルームへ向かった。

十五分ほどしてバスルームのドアを開けて外に出ようとしたとたん、彼女は驚いて叫んだ。「ディロン！　ここで何をしているの？」

ディロンは腕を組み、すぐ外の壁に片方の肩をもたせかけていた。彼の姿を目にすると、全身をぴりぴりしたものが駆け抜けた。

靴も履かず、歯磨き粉とすっきりした男性的な香りを漂わせ、白いタオル地のガウンしか身に着けていないように見える。ゆるく打ち合わされた襟の間から褐色の胸がのぞき、ガウンの裾から伸びる長い脚もみごとなブロンズ色だ。

「きみを待っていた」彼は答えてエミリーを抱き上げた。

「ディロン、待って！　ほんとうに必要ないのよ。ベッドまでなら、歩いていけるわ」

「ドクターの言ったことを聞いたはずだよ。できるだけ安静にしていなくちゃならない」

ディロンはエミリーをベッドの上に下ろした。枕に頭をのせ、毛布をかけて、子供にしてやるように毛布の端をたくしこむ。エミリーはほほえんだ。こんなふうに些細《ささい》なことで大騒ぎされて世話をやかれるのは初めてだけれど、悪い気分ではない。彼が体を気にかけてくれるのがわかり、心が温かくなってくる。

エミリーは満足そうな笑みを浮かべたまま、ディロンがドレスをハンガーにかけてウォークイン・クローゼットに入っていくのを見ていた。やがて、彼が戻ってきたので、おやすみと言おうとして口を開けた。が、彼がガウンを脱ぎはじめるのを見て、驚いて息を吸った。

両手で胸元の毛布をつかみ、目を丸くして見ているうちに、彼はガウンを椅子にかけた。一糸まとわぬ姿でこそないが、ネイヴィー・ブルーのブリーフしか身に着けていない。「な……何をしているの？」

ディロンはまったく気にするようすもなく濃紺と茶色のラグの上を進んでくると、ベッドの反対側の毛布の端を持ち上げた。「何をしているかって？ 見てのとおり、ベッドに入ろうとしているんだよ」

「ここで……眠るつもりなの？ この同じベッドで？」

「ほかに、どこで眠るんだい？ 二人は夫婦なんだよ。だいいち、ここは僕のベッドルームだ」

エミリーはあわてて大きな部屋の中を見まわした。赤紫色とネイヴィー・ブルーと深い褐色を基調に整えられた家具類も、大きな衣装だんすとチェストも、それにベッドのヘッドボードも、男性的だ。

ベッドのマットレスが沈んだので、エミリーは彼のほうを向いた。「ディロン……あなたは言ってなかったかしら……この結婚は……」

ディロンは毛布をかけてから横向きになり、肘に頭をのせて彼女を見下ろした。「落ち着いて。襲いかかるつもりはないから。でも、この結婚を意図したとおりの形でスタートさせたいんだ。そうすると、同じベッドでやすむということになる。どのみち、きみを一人でやすませるつもりはないんだ。夜中に手助けがほしくなったらどうするんだ？ 僕がここで眠るのが一番いいんだよ」

「そ……そうかもしれないけど」

「けっこう。合意に達してよかった」ディロンは彼女の頬にキスをした。「おやすみ、エミリー。何かあったら、いつでも起こしてくれ」

「ええ……そうするわ。おやすみなさい、ディロン」

彼は枕をたたいて形を整え、ベッドサイドの明かりを消してから心地よく眠れる体勢をとった。

ディロンの呼吸が静かになり、ゆっくりと規則的なリズムを刻むようになっても、エミリーは眠ることができず、暗い天井を見つめていた。

ディロンの息遣いが聞こえてくる。六十センチは離れているはずなのに、体の右側に彼の体温さえ感じる。

エミリーはぎゅっとまぶたを閉じた。清潔で男性的な香りに包まれているせいで、またもや恥知らずな願望が浮かんでくる。

どうしたらいいのだろう。これはあまりに恥ずかしい事態だわ。

ディロンがわたしのことをなんとも思っていないことは明白なのに。

彼は明かりを消して一分もたたないうちに眠ってしまった。わたしのことを鯨に似ているとは言わなかったけれど、きっと、そのくらいまったく魅力を感じないんだわ。

この気持ちをどうして抑えたらいいんだ。ディロンは目を開けたままエミリーに背を向けて横になっていた。全身の細胞の一つ一つが痛いほどエミリーを求めている。彼女は信じられないほど美しい。そして、僕はこんなにも彼女を愛している。

エミリーが息をついてベッドのマットがかすかに揺れた。きっと、寝返りを打ったのだろう。ディロンは目を閉じて歯を食いしばった。くそ。彼女と同じベッドに横になることが、天国であると同時に地獄でもあることだとは知らなかった。

これが現実なのがまだ信じられない。いまでも頬をつねってみたくなる。何年も望みがないと思って過ごしてきたのに、ありえなかったはずのことが起きた。エミリーが僕のものになったのだ。エミリーは僕の妻なのだ。

そして、おなかに僕の子供を宿している。

ディロンは罪悪感に胸を刺されて眉根を寄せた。子供にかかわる真実を告げないまま結婚したことは正しかったとは言えない。それはよくわかっている。彼女には真実を知る権利があったはずだ――結婚する前に。だが、僕に何ができたというのだろう。

話そうと思っていた。ほんとうにそのつもりだった。だが、いまはエミリーを安静にさせておくことのほうが重要だ。妊娠中にストレスを受けたり動揺したりすると流産の可能性があるとドクター・コンが言っていた。どう考えても、母体にも子供にもいいわけがない。いま真実を告げて彼女を危険にさらすことなどできるわけがない。

話せるときがきたら必ず話すと誓おう。結果がどうなろうとかまわない。そのときまでに彼女の愛を獲得していることを望むだけだ。

とにかく、しばらくの間は彼女は僕のものだ。

ディロンはこれから続くであろう夜のことを考えて唇をゆがめた。それはどんな男も経験したことがない、この上なく清らかで、この上なく苦しい、甘美な地獄になるはずだ。

11

エミリーはトランプのカードをテーブルの上に開いた。「勝ったわ！」得意げに宣言し、ディロンが困った顔をするのを見て笑った。

「これで五連勝だよ。何かあるんじゃないのかい？」

エミリーはまつげをぱちぱちさせた。「あら、ディロン。わたしがトリックを使ったとでも言いたいの？」

「そうなのかい？」

「あなたより強いというだけのことよ」

ディロンはふんと笑った。「そう言っていられるうちが花だ」

「そんなに自信があるなら、証拠を見せて」エミリーはディロンがソファの前に置いてくれた小さなテーブルの上に再びカードを配りはじめた。

「だめだよ。さっきのゲームが最後だと言っただろう。僕には仕事があるんだから」

「お願いよ、ディロン。もう一回だけ。それで終わりにすると約束するわ」

「さっきもそう言わなかったかい？　そんな目をしてもだめだよ。いくら出かけるわけじゃないといっても、することがあるんだから——」

そのとき玄関のチャイムが鳴った。

「誰だろう？」ディロンは怪訝《けげん》な顔をして立ち上がり、リビングルームを出ていった。

エミリーが座っているソファからは玄関ホールは見えなかったが、ディロンがドアを開ける音に続いて女性の声が聞こえた。

「こんにちは、ダーリン。中に入ってもいいかしら?」

「パム――」

「事務所に電話をかけたのに、あのアシスタントがわたしのメッセージを伝えると言ってくれないの。それで、ここまで来てしまったんだけれど」

「パム、実は――」

「かまわないわよね」

女性の声がはっきり聞こえるようになったので、彼女がディロンの横をすり抜けて中に入ってきたのだとエミリーは思った。玄関ホールの大理石の床を踏むハイヒールの音がして、女性がこちらに向かっているのがわかった。

「あのアシスタントはほんとうに意地悪ね。くびにすべきだわ。すべてを任されていると勘違いしているの。ああして勝手に情報をふるいにかけられたら――」

ブロンドの女性はリビングルームの戸口まで来てエミリーを見ると、ぎょっとして立ち止まった。

「あら、ごめんなさい。お客さまだったのね」エミリーのおなかを見て少しためらってからほほえみ、近づいて握手の手を差し出した。「わたしはパメラ・モリス。ディロンの親しい友人よ」パメラは〝親しい〟という言葉を強調して言った。「あなたは?」

「エミリー・マグワイアよ」

エミリーは非社交的なタイプではない。だが、なぜか、一目見ただけでパメラを好きになれないと感じた。マグワイアと聞いた瞬間、完璧《かんぺき》に化粧をした彼女の顔に驚きの色が浮かんだのをひそかに面白く思った。

「マグワイア?」パメラは信じがたいという声で繰り返し、考えこんでから、答えを見つけたという顔になった。「ああ、ディロンのご親戚《しんせき》ね」

「いや、そうではない。エミリーは僕の妻だ」ディロンが言った。

「妻?」

「さっき話そうとしたのはそのことなんだ」

パメラは開けていた口を閉じて不機嫌そうに引き結び、疑うような目で二人を見た。「彼女、妊娠しているわ」

「観察力が鋭いね」

「その手を使って結婚したの? わざと妊娠して? 信じられないわ、ディロン。あなたが、そんなありきたりの罠《わな》にはまるなんて。わたしは女だから、それに弁護士だからわかるのよ」

ディロンは冷酷非情な表情になり、青い瞳をパメラに向けた。

パメラはまったく気づいていないようすだ。エミリーは驚いた。ディロンがこんなに怒っているのに、あなたにはそれがわからないの? それとも、わからないふりをしているだけかしら。もしもわたしがあんな視線を向けられたら、一目散に逃げ出しているわ。

「出ていくんだ」

「なんですって? 何をするの、ディロン?」パメラはディロンに腕をつかまれ、玄関へと引っ張っていかれながら叫んだ。

「帰るんだ。いますぐに」

「ディロン、聞いて。彼女のおなかの子があなたの子供だと、どうしてわかるの? ああ、待って! わたしは――」

ドアが閉まる大きな音が響き、急に静かになった。

ディロンはいまにも爆発しそうな顔のままリビングルームに戻ってきたが、エミリーの視線に気づいて口元に恥ずかしそうな笑みを浮かべた。「悪かったね」

ディロンが決まり悪そうにしているのを見てエミリーはおかしくなり、気分がすっかり明るくなった。

ディロンは心配そうに彼女を見た。「だいじょうぶかい？　パメラのせいで気が動転したんじゃないといいが」

「だいじょうぶよ」

「よかった」ディロンはそのまま隣のダイニングルームへ入っていった。それが事態の説明を避けるためであることは明白だった。ダイニングルームのテーブルには、ハムステッド・ハイウェイ沿いに建てる高層ビルの設計図と仕様書がひろげられている。

仕事に集中しはじめる彼を見ながら、エミリーは胸が甘く締めつけられるのを感じた。

わたしは幸せだわ。いままで一番幸せ。これはすべてディロンのおかげなのだ。結婚式から三週間たって、はっきりとわかった。

男女が親密になるのに愛を交わすことは必ずしも必要ではないのだ。プラトニックな結びつきだけでも、みごとに育って花を咲かせることができる。

それがわかりはじめたのは、結婚式の日の夜だった。

あの夜、一時間ほどうとうとして目が覚めたとき、眠れたことに驚いたあとで、バスルームへ行きたいと思った。

ディロンを起こさずにベッドを出たかったけれど、これまでの二カ月ですっかり大きくなったおなかのせいで、なかなか体を起こすことができなかった。ほんの少し体をずらしてから、もう一度試みようと思ったとき、ディロンがむっくりと起き上がり、ベッドの反対側へまわってきて手助けしてくれた。

あとは一人でだいじょうぶだと伝えたが、ディロンは体を支えながらバスルームの前まで行き、出てくるまで待っていて、再びベッドまで体を支えてくれた。

その夜はそれから二度、同じことがあり、その後も二、三度ずつ繰り返される夜の決まりごととなった。初めは恥ずかしいと思ったが、その単純な行為が少しずつ、だが着実に、二人の関係を変化させた。

もちろん、二人が肉体的に強く惹《ひ》かれ合っていることをエミリーはわかっていた。しばらくの間は自分だけの一方的なものだと思っていたが、彼の表情がどんなに厳しくても、自分を見る瞳に炎を宿していることに気づいて、お互いの思いだったことを知った。

いまの自分の状況と二人の経緯を考えると不思議な気がするが、いっしょにいるとまるで電流が走るように空気がぴりぴりするのだから、事実と考えるほかはない。

この喜ばしい変化をもたらしたのはディロンに備わっている思いやりであり、エミリーと子供に対する献身であり、強い義務感だった。

そして、日々示される彼の細やかな心遣いだ。それはさまざまな形となって示された。朝、目が覚めたときにベッドサイドに置かれているビタミンたっぷりのジュース、職場から日に何度もかけられる電話、ミセス・ターガートへの指示、夜の間に重ねられる毛布というように。

エミリーは、彼が心配しているのはベビーのほうだとわかっていても、ときには純粋に自分のことを考えてくれているのではと思うこともある。

結婚してからは、彼は仕事のとき以外は必ずいっしょに過ごし、ミセス・ターガートが来てからでないと出かけず、彼女が帰る前に帰宅する。

それだけではなく、退屈しないようにとパズルや本を買い、編み物の素材でもなんでも言われるままに整えて甘やかしてくれる。忍耐強くつき合い、エミリーがベッドルームにいるのが飽きたと思えば、今夜のようにリビングルームで過ごせるようにしてくれる。

夕食は毎晩トレイにのせて運んでくれるし、彼自身もベッドかソファの脇《わき》の小さなテーブルで食べている。そのあとはトランプをしたり、テレビを見たりして過ごすが、ときにはいっしょにベッドに横たわっておしゃべりを楽しむこともある。そして、改めて、エミリーは彼のことを何も知らなかったとわかった。

知り合ってずいぶんたつのに、こんな静かなおしゃべりから知ることのほうが多いことにエミリーは驚かされた。

エミリーは祖父母と暮らした子供のころのことを話した。母がめったに顔を見せず、いつも不安で心細かった。そして、祖父母が亡くなってから親戚の家を転々とした日々のことも。どの家にももう一人子供を養う余裕などなかった。

十八歳になって自立したが、それからの四年間は生活費と大学の学資を得るためにどんなつまらない仕事もした。だが、そのつらさを語ることはやめて、そのころ思い描いていた夢を説明した。

大学を卒業したら、教職に就く前に平和部隊に志願して、二年間のボランティア活動をしようと思っていたのだ。

けれども卒業間際になって、大きな二つのできごとがあった。癌《がん》を患った母が助けを求めて現れたことと、キースに出会ったことだ。そして、彼女はすべてを忘れて恋に落ちたのだった。

ディロンは会社を始めたころの闘いの日々や、ガートと彼女のいまは亡き夫のカールがいかに励ましてくれたかを語った。ガートは進んで事務を手伝ってくれた。そしてカールといっしょにディロンが会社の機材を購入するためのローンを組む手助けをし、順調に利益が出るまで自宅にただで住まわせてくれさえしたのだ。

エミリーはずっと疑問に思っていたことを尋ねたことがあった。〝会社を設立するには、大学へ行ったほうが楽だったんじゃない？　それで、たとえば……建築学か工学の学部を卒業しておいたほうが〟

〝そうだね。だが、そうできなかった〟

〝なぜ？〟

〝学資がなかったんだよ〟

〝でも、キースから、亡くなったお父さまが子供たちのために学資ファンドを組んでいたと聞いたわ。シャーロットもキースもそれで大学へ通うことができたんだって。あなたはどうしてそうしなかったの？〟

〝父が心臓発作で亡くなったのは、シャーロットが大学を卒業したばかりで、僕がこれから大学に入学するというときのことだった。キースはまだハイスクールの一年生だった。父の葬儀が終わった二日後に、母から、キースが医者になりたがっているので今後の僕の学資はキースのために使うと言い渡されたんだ〟

〝不公平だわ！　なぜ、そんなひどいことを？〟

〝キースが母のお気に入りだからだよ。でも、結局、母が正しかったようだね。キースは卒業する前に学資を使い果たしたから〟ディロンは唇をゆがめた。

〝キースはそのころから金とうまくつき合えなかった。あるだけのもので暮らすことができなかったんだよ。そのころには僕の仕事が順調にいきはじめていたから、僕がキースの最後の一年の学資とインターンの間の収入の不足分を補ったが〟

〝ほんとうに？　初めて聞いたわ〟たぶん、キースは意図的に話さなかったのだ。ディロンへの競争心のせいで。自分がディロンの援助を受けたことを誰にも知られたくなかったのだろう。

〝でも、お義母《かあ》さまはなぜああいう態度をとるの？　キースがかわいかったのなら、あなたがしたことに感謝してもいいはずでしょう？〟

ディロンは険しい顔をエミリーに向けた。〝きみはほんとうに夢見る人なんだね。母は僕がしたとは思っていないんだよ〟

やはり、キースが隠していたのだ。エミリーはデイロンと話したことを思い出しながら、隣の部屋で仕事をする彼を見つめた。

ときどき小さな計算機に数字を打ちこんで何かを書きとめるほかは、図面を検討し、書類を読むことに集中している。

あの荒々しい外見と無造作なふるまいの下に、剃《かみ》刀《そり》の刃のように鋭い知性と、少し皮肉っぽいユーモアのセンスが隠されているのがようやくわかった。そのことがわかるまでに、どうしてこんなに時間がかかったのかしら。

突然、赤ん坊が勢いよくおなかを蹴《け》った。とたんにエミリーは飛び上がった。

「だいじょうぶかい?」すかさずディロンが声をかけてきた。たぶん、視界の端で見ていたのだろう。

「だいじょうぶよ。ベビーがちょっと寝返りを打ちたくなったらしいの」

そのとき柱時計が十一時を告げたので、ディロンは鉛筆を置いて立ち上がった。「やすむ時間だよ」そう言ってそばまで来て、エミリーを抱き上げる。

エミリーは彼の肩に腕をまわして、たくましい胸に体を預けた。ディロンがいくら背が高くて大きくても、もう、少しも怖くない。むしろ、彼の厚い胸板やたくましい肩やぬくもりが好ましく思えた。いまでは、彼の香りを深く吸いこむと守られているという思いに包まれて幸せな気分になれる。

彼に運ばれながら顔を見ている間に、ふいにエミリーのいたずら心が顔を出した。

彼女がくすりと笑ったのに気づいたディロンが尋ねた。「何がおかしいんだい?」

「なんでもないわ。ただ、あとどのくらいいるのかしらと思って」

「何が?」

「あなたのガールフレンドよ」エミリーはわざと指を折って数えはじめた。「いままでのところ、不動産業者のロイス・ニースンでしょう? それから、お嬢さまのアイリーン・ロジャーズ。それから、いまのミス・モリス」彼女はほほえんでつけ加えた。「彼女は弁護士だって言ったわね。いずれにしても水準が高いのね。感服したわ」

ディロンは不機嫌そうに目を細めた。「きみは面白がっているんだね?」

「わたしが?」エミリーはついにまじめな顔を続けられなくなって笑い出した。

「僕の人生の一シーンを楽しんでいただけて光栄のいたりだよ」

「あなただって、鯨みたいに大きくなってベッドとあの部屋に閉じこめられてごらんなさい。何か見つけたら、それでできるだけ楽しもうと思うはずよ」

「はいはい、好きなだけ笑うといいよ」ディロンはエミリーをベッドの上に下ろしたが、体を起こす代わりに両手を彼女の肩の脇についてほんの数センチのところまで顔を近づけた。

彼の息のぬくもりと夕食でとったワインの香りに包まれて、エミリーは驚いて呼吸を止めた。少し遅れて心臓が大きな音をたてて打ちはじめた。たいへん。彼を怒らせてしまったのかしら。

だが、ディロンの瞳にあったのは怒りではなかった。怒ったような表情の奥から、ぞくぞくするような熱い何かが伝わってくる。

ディロンはゆっくりと、低いセクシーな声で言った。「いまは何もしない。だが、覚えておくといい。きみはいつまでも妊娠しているわけじゃない。子供が生まれて元気が回復したら、必ずお仕置きするからね」

それから二週間、エミリーはディロンの言葉を思い出すたびに体中が熱くなるように感じた。期待に胸がふくらんで、まるで少女のようにそわそわした気分になった。

自分のリアクションついて考え、心を分析してみたが、それが何であるかわかるまでにさほど時間はかからなかった。

自分をあざむいてもしかたがないわ。どんなに信じがたくても、この幸福感は間違えようもない。わたしは恋に落ちたのだ。

しかも、深く、まっさかさまに。たった数カ月前まで敵だと思っていた、堅苦しい表情をした人に。

それでも、妊娠のせいだとか、さもなければ退屈か寂しさのせいで体が反応しているだけだと自分に言い聞かせてみた。けれども彼のいない日中は、心細くてたまらなかった。

そんなはずはないわ。でも、実はそれが事実であることを知っている。わたしはディロンを愛しているのだ。

彼の気持ちはいまでもわからない。わたしのことを愛してなどいないだろうと思うと小さな痛みが胸を刺すけれど、それで引き下がるのもしゃくな気がする。

なぜなら、彼がわたしの体を求めていることがわかっているからだ。こんなにぶざまにおなかがふくらんでいるのに、ディロンはときどき、地上で最もセクシーな女性を見るような目で見つめてくる。もしかしたら、そこに望みがあるかもしれない。運がよければ、欲望が愛情に変わることもあるのだから。

出産の日を待つのはこれまでも退屈でなかったわけではないが、いまでは一日一日をとてつもなく長く感じるようになっていた。

もしも、最初に誘ってくれたのがキースではなくディロンだったら、わたしの人生はどうなっていただろう。エミリーはディロンの帰りを待ちながら、毎日、そのことを考えた。

病院のカフェテリアで、さっそうとしたドクター・マグワイアといかめしい雰囲気のその兄に出会ったあの日、もしもディロンに誘われていたら、わたしは彼とデートしていただろうか。

エミリーの唇に苦笑が浮かんだ。たぶん、していなかったわ。二十一歳のわたしなら、やはり外見の華やかさを選んだだろう。あのときは、キースの魅力と言葉に心を奪われて、ディロンには視線さえ向けなかった。

それが、いま、ディロンとともに愛と幸福を得ることになるなんて、そしてずっと求めつづけていた家族としての絆《きずな》を持つことになるなんて、いったい誰が想像しただろう。

エミリーは吐息をもらし、ベッドのヘッドボードにもたせかけてある枕《まくら》に寄りかかってほほえんだ。

わたしは幸福だわ。

エミリーはこのとき初めて、すべてを肯定できる気持ちになった。これがわたしの人生なのね。わたしは、大好きな、すばらしい男性と結婚している。その人は、わたしが夢に見たことさえないような家と経済的な安定を与えてくれた。そして、もうすぐ赤ちゃんが生まれるんだわ。エミリーはふくらんだおなかにそっと手を置いた。

人生って、なんてすてきなのかしら。エミリーはそう思い、夢見るような笑みを浮かべた。

幸せだわ。妊娠と二人の結婚のことを知ったアデルになんと言われるか、そのことさえ考えなければ。いいえ、だいじょうぶ。きっと、さほどのことはないわ。

だが、エミリーの楽天的な考えは、その日の夜のうちに崩れ去ることとなった。

その日は週に一度の検診日だったので、ディロンは早く帰宅して病院につき添った。彼は、帰宅したときにエミリーを抱いてベッドに運ぶと言って譲らなかったが、彼女も負けじとソファで過ごすと言い張った。

「ドクター・コンに愛想をつかされるよ。ドクターはベッドで安静に過ごせと言ったんだから」

「こんなに安静にしているじゃないの。ディロン、お願いだから」ベッドには飽き飽きしているの。ディロンは彼女の瞳の訴えに負けた。「しかたがないな。検診の結果がよかったから、さしつかえないと判断しようか」

彼はエミリーをソファの上に下ろして膝掛けをかけた。

「ミセス・ターガートが夕食に何を用意してくれたか見てくる」そう言ってキッチンへ向かいかけたが、二歩も歩かないうちに玄関のチャイムが鳴ったので、二人は顔を見合わせた。

「まさか、またあなたの前の恋人ではないでしょうね」

「まったく。勝手に言っているといいよ。とんでもないことを握られてしまったな」

エミリーはリビングルームを出ていくディロンをほほえみながら見送った。男らしくてセクシーなディロン。こうして見るだけでも胸が高鳴ってくる。彼と愛を交わすことを考えると体が溶けてしまいそうだ。

だが、そのとき聞こえてきたディロンの声で、エミリーのほほえみは消えた。

「母さん。いつ戻っ——」

ぱしっと音がしたので、エミリーは飛び上がった。たぶん、アデルがディロンの頬を平手打ちしたのだ。

「この盗人!」

沈黙が続く。エミリーは思わずディロンを助けに向かおうと膝掛けをはねのけ、足を床に下ろしたが、なかなか起き上がることができなかった。

そうするうちにディロンの皮肉な響きを帯びた声が聞こえてきた。「ずいぶんな挨拶《あいさつ》だね」

「みんな知っているのよ。そこをどきなさい」

怒りに満ちた足音が近づき、ついにアデルがリビングルームへ入ってきた。左の頬に打たれた跡をつけたディロンがすぐあとに続く。

「いたわね」アデルは東洋のラグの中央で立ち止まり、憎しみをこめた視線を向けてエミリーを縮み上がらせた。「なんてふしだらな」

「やめてくれないか」ディロンが言った。「僕に何を言おうとかまわない。だが、僕の家に踏みこんで、僕の妻に暴言を吐くことは許さないよ」

アデルは彼のほうを振り向いた。「僕の妻ですって？　だから、あなたはくずだというのよ。よくもまあ、わたしに隠れてキースの妻を誘惑できたものだわ。このばかな娘は、あなたがほんとうに自分を思ってくれていると信じてのぼせ上がっているんでしょうけれど、わたしにはあなたがキースの子供を奪おうとしているだけだとわかっているんですからね。そんなことはさせないわ」彼女は一歩踏み出して、ディロンの胸を指で突いた。「聞いているの？　あなたはわたしの息子の子供の父親にはふさわしくないと言っているのよ」

「お義母さま、お願いですから、少し落ち着いて話し合ってください」エミリーは懇願した。

アデルは怒れる雌虎《とら》のような表情を向けた。「あなたもよ！　どうして、わたしの孫が生まれることを言わなかったの？」

エミリーは目を見開いて義母を見た。緊張で口の中がからからだ。こんなに激怒している人を見るのは初めてだった。たとえ、アデルその人であろうと。

「そ……そうすべきとわかっていたんですけれど、

お、お義母さまはキースのことでショックを受けていらしたし……申し上げるチャンスがないうちにフロリダへいらしたので」

「電話で知らせることだってできたでしょう。そうしたら、すぐに戻っていたわ」

だからこそ知らせなかったのだとエミリーは心の中で答えた。「ええ。でも、お義母さまには時間が必要だと思ったし、何もしていただくことはなかったので——」

「できることはあったわ。少なくともあなたをディロンと結婚させなかったはずよ。あなたがディロンと再婚したのは、保護してくれる人が必要だったからでしょう。あなたがあんなにキースのお金を無駄遣いしさえしなければ、こんなことをする必要はなかったものを。それに、孫のためなら、わたしだって何もしないわけじゃなかったわ」

エミリーはぞっとして心の中で肩をすくめた。

ディロンが言った。「どうして知ったんだい?」

「あなたの事務所に電話したのよ」

「ガートが話したと言っても信じないよ」

「違うわ。エミリーの代わりに仕事に就いたという若い娘よ。ディロンの母親だと伝えたら、奥さんのエミリーの検診日だから産婦人科へ連れていっていると教えてくれたわ。それから、ご丁寧にも、あなたがエミリーの窮状を救ったことがロマンティックだと思っていると言い添えたのよ。しゃべりたくてたまらなかったらしくて、すべて聞かせてくれたわ」アデルはエミリーのほうを向いた。「いくら困っていたからといって、キースの妻だったあなたがディロンと結婚するなんていうことがどうしてできたの? ディロンに触れられてもなんでもないというの?」

「お義母さま!」エミリーは驚いて叫んだ。「なぜ、そんなひどいことをおっしゃるんですか? ディロンだって、あなたの息子でしょう？　血を分けた子供です」

エミリーの言葉がアデルの心の中にある何かを誘発したらしい。彼女は憎しみに燃える顔をして悔しそうに言った。

「ディロンはわたしの子供じゃないわ」

12

エミリーはあまりのことに息をのみ、ショックを受けて義母を見つめた。

ディロンはいつもの冷静な表情のままだった。

「お義母《かあ》さま、どうして、そんな恐ろしいことを？　いくらなんでも、ひどすぎるわ」

「なんですって？　何も知らないくせに」

「お義母さまのディロンに対する扱いが厳しすぎるということはわかっていました。キースのことはかわいがって思い切り甘やかしてらしたのに、ディロンにはひどい言葉で傷つけてばかり。どう考えたって不公平でしかありませんもの」

「ほうっておくんだ、エミリー。いまさら、どうということもないよ」ディロンはうんざりしたように言った。

「いいえ、このままにしてはおけないわ。お義母さまは、あなたは自分の息子じゃないとおっしゃったのよ」

「あなたはどこまでばかな娘なの。ほんとうに、わたしの息子じゃないのよ！」

ディロンはびくりとして顔を後ろに引き、疑念をこめた瞳をアデルに向けた。

「そんな……何をおっしゃるんですか？　ディロンとキースは双子のようにそっくりなのに」

「父親が同じだからよ。夫は教え子と浮気をしたの。シャーロットが生まれたあとのことだったわ。どのくらい続いていたのか知らないけれど、わたしがそのことを知ったのは、夫のコリンが生まれたばかりの赤ん坊を抱いて帰ってきたときだった。浮気相手がお産で亡くなったのよ。コリンは、わたしたちの息子として育ててほしいと涙ながらに頼んだわ。このことが知られたら、大学での仕事を失ってしまうと言って」

「それで、従ったというのかい？」ディロンが言った。

「選択の余地はなかったわ。コリンは息子をほしがっていたから、どこかに養子に出すという考えは、端からなかったし、シャーロットが生まれたころからいろいろあって夫婦の間もぎくしゃくしていたので、わたしももう一人子供を授かるかどうかわからない状態だった。そこで、断ったらコリンを失うと思ったのよ」アデルは後悔に顔をゆがめてディロンをにらみつけた。「もしもあのとき、二年後にキースが生まれるとわかっていれば承知しなかったわ」

「確かに残念だったと言うほかはないね。断っていてくれれば、お互いによかったものを」

「お義母さま……そうだったとしても、無垢《むく》な赤ん坊を愛さずにいられたはずがないわ。赤ん坊に罪はないんですもの」

だが、エミリーの言葉はアデルの怒りを募らせただけだった。

「来る日も来る日も、夫の不実が残した証《あかし》を見て、その世話をして過ごしたのよ。愛情なんてわくわけがないわ」

それでは、常に復讐《ふくしゅう》心を抱きながらディロンを育てたのだろうか。エミリーには首を振ることしかできなかった。ディロンが無表情とよそよそしい態度を身につけたのも、これで納得がいく。それは身を守るための鎧《よろい》だったのだ。もしもガートがいなかったらと思うと、身ぶるいがしてくる。

「長い年月、あなたを見るだけでどんなにつらかったことか……」アデルは再びディロンをにらんだ。「それなのに、今度はわたしの息子の子供を盗もうとするなんて！　そんなことは絶対にさせないわ。明日、一番に弁護士に相談しますからね」

アデルは向きを変えて歩き出し、大きな音をたてて玄関のドアを閉めて立ち去った。

ディロンはアデルが消えたリビングルームの戸口を見つめていた。表情は石像のように硬い。エミリーは斧《おの》を胸に打ちこまれたような気分だった。

「ディロン、かわいそうに」

ディロンはわずかに振り向き、視線だけ動かしてエミリーを見た。唇の片端が上がり、瞳に皮肉っぽい笑みが浮かんでいる。

「何がだい？　別に何を失ったわけでもないよ」彼はグラスにバーボンと水を注《つ》ぎ、エミリーが座っているソファの横の椅子に腰かけた。「むしろ喜んでいるくらいだ。少なくとも、憎まれる理由がわかったからね」

「でも……あんなひどい言い方をされて、かなり応《こた》えているはずだわ」

ディロンはほほえんだ。「そんなことを気にしていたのかい？　僕はその類《たぐい》のことには慣れているんだよ、エミリー。ほんとうのことを言うと、実の母親じゃないとわかってほっとしているんだ」

「そうなの？」

「そうだよ。きみのほうが心配だ。動揺させられただろう？　だいじょうぶかい？」

エミリーは唇をかんだ。「お義母さまは弁護士に相談するとおっしゃっていたわ。ベビーを取り上げるつもりかしら」

「彼女のことだからやりかねないが、まともな弁護士なら、そんな申し立てはできないと答えるはずだよ。きみはおなかの子の実の母親なんだし、きみが不適格だと立証することなどできないよ」

「ほんとうにそう思う？」エミリーは尋ね、ディロンがうなずくのを見て安堵《あんど》のため息をついた。「よかったわ」

「だが、ここ数年、祖父母の権利というものが考慮される傾向にあることも事実だ。単独で孫に会う権利を要求して裁判所に申し立てるくらいのことはするかもしれないね」

「まあ！」エミリーは思わず両手でおなかをかばうしぐさをした。「そんなことを？　もちろん、この子をお義母さまに会わせないとは言わないけれど、一人ではだめよ。へんな影響を与えてもらいたくないわ」

「エミリー、落ち着いて。そんなことはさせないと約束するよ。一時間ほど頭を冷やす時間を与えてから、話しに行ってくる。ただし、その間、きみがこのソファでおとなしくしているというならね。長くはかからない」

「おとなしくしているわ。でも、出かけていってもあまりいいことがあるとは思えないの。きっと、お義母さまは何も聞き入れてくださらないわ」

「僕を信じてくれ。いいね？　訴訟にはならない」

「どうしてわかるの？」

「僕にはわかるんだよ」ディロンは胸の中でその先を続けた。子供の父親がキースでなく僕だと知ったら、母は子供を手元に置きたいなどと絶対思わないはずだから。


　しかし、話し合いは予測したよりずっと困難だった。アデルはドアののぞき穴からディロンの姿を確認すると、ドアを開けるのを拒んだのだ。

「帰ってちょうだい。話すことなど、もうないわ」

「僕のほうにはあるんだよ。開けてくれないか」ディロンは少し待ったが、返事がないので続けた。

「たいして時間は取らせない。ここで話し合えないのなら、大学へ押しかけるよ。同僚や教え子の前で恥をかきたくないだろう」

　しばらくしてドアが開き、不機嫌きわまりない顔をしたアデルが脇《わき》へよけてディロンを中へ入れた。そして、丈の長いシルクの部屋着の裾《すそ》を翻してリビングルームへ行くと、腕組みをしてディロンに向き合った。目に怒りと嫌悪感が満ちている。「それで？」

「法的措置まで取ってエミリーの子供を引き取ることはないと忠告しに来たんだ。そんなつもりには絶対にならないはずだから」

　アデルはばかにしたように笑った。「あなたがそうさせたいだけでしょう。だめよ。わたしからキースの子供を取り上げることはできないわ」

「エミリーのおなかにいるのはキースの子供ではない。僕の子供なんだ」

　アデルは頬を打たれたように首を引いた。「そんなことを信じるわけがないでしょう！」

「でも、事実なんだ」

「キースに隠れてエミリーと不倫の関係にあったと

言うの?」

「いや、もちろん、そんなことはない」ディロンは両手を上げてアデルの言葉を制した。「僕の言うことを聞いてくれないか。実は、キースは無精子症だったんだ」

「なんですって? 嘘《うそ》よ。そんな話、本人から聞いたことがないわ」

「男はそういうことを母親に話すのはためらうものだよ。特にキースのように自尊心の強いタイプはね。それでキースは、兄弟だからということで、僕に人工授精の精子のドナーになってくれと言ってきた。いくらかでも子供に自分と同じ遺伝子を分けたいと思ったんだろう」ディロンはキースがそれを秘密にするつもりだったこととエミリーが事実を知らないことは口にしなかった。

アデルは首を横に振ったが、ディロンは彼女の瞳に絶望の色が浮かび上がったのを見て取った。

「いいえ、そんな話、信じないわ。あなたはわたしから孫を取り上げようとしているだけでしょう」

ディロンは肩をすくめた。「信じないと思ったよ。じゃ、病院の記録を調べるんだね。こういうことには守秘義務があるが、本人が死亡しているから、裁判所に申し立てればキースのカルテを見ることができる。エミリーのカルテを見るのは無理だと思うけど、人工授精であることは話してもかまわないと彼女はドクターに言うはずだよ」

ディロンのねらいどおり、アデルは事実を明かしてもいいとする彼の言葉に反応した。肩を落としてソファに腰を下ろし、力なくディロンを見上げた。

「では……わたしの孫じゃないのね」

「そう。だから訴えを起こすことはないだろう?」

アデルはディロンをじろりと見た。だが、その視線にいつもの迫力はなかった。彼女は頭をうなだれ、両手で顔を覆った。「ええ。わたし、あなたの子供なんかに関心はないわ」

肩がふるえ、アデルは声を殺して泣きはじめた。

やがて悲痛な嘆きの声が喉を引き裂くようにもれた。

これほどの確執がありながら、ディロンは胸を痛めずにいられなかった。そばへ行って慰めたいと思ったが、軽蔑《けいべつ》されるだけだとわかっているので、そのまま静かに立ち去ることにした。

外に出てトラックの運転席に座り、しばらくそのままタウンハウスを眺めていた。ここへ来るのはこれが最後だろう。そして、今日まで実の母と信じていた人にも、二度と会わないかもしれない。

胸の中でさまざまな感情が渦巻いていた。悲しみ、怒り、そして数かぎりない〝もしもこうだったら〟という問いかけ。

ディロンはギアを入れてトラックを走らせた。アパートメントに着くまで、過去のいろいろなことがよみがえり、悲しみと痛みと無力感に苦しめられつづけた。

でも、少なくとも一つは収穫があった。母に事実を告げ、エミリーを訴えるのを思いとどまらせることができたではないか。ディロンは長いため息をもらした。こうなったからには、エミリーに話さなくてはいけない。

すぐに話すさ。子供が生まれて、彼女の体力が回復したら、すぐに。

ふと、ポケットベルの電源を切っていたことと思い出して、ディロンは着信履歴をチェックした。番号を見たとたん、心臓がどきんと鳴った。

エミリーだ。

すぐさま自動車電話の短縮ダイヤルを押すと、エミリーは最初の呼び出し音で出た。

「ディロンなの？」

「どうしたんだ？」

「いよいよ……来たみたいなの。陣痛が……陣痛の間隔が、もう……二分にまで縮まっているわ。ああ、早く帰ってきて、ディロン！」

ディロンは髪の毛が逆立つような気がした。「しっかりするんだ！　すぐに行くから」

けたたましく警笛を鳴らし、思い切りアクセルを踏みこんだ。

トラックが建物の前に着いたのは五分後のことだった。ディロンはエンジンも切らずに飛び降りて、驚いているドアマンに叫んだ。「ジョージ！　トラックを頼む！」

「ミスター・マグワイア、でも、そこは駐車禁止の――」

「妻の陣痛が始まったんだよ！　トラックを見ていてくれるだけでいいから。すぐ戻ってくる」

ジョージはさらに驚いて身構えた。「わかりました！」

幸いなことに、エレベーターのドアがすぐに開いた。ディロンはボタンを押したが、弾丸のようなスピードで最上階のペントハウスに向かっているはずのエレベーターが妙にのろのろしているように思えて、悪態をつきつづけた。

アパートメントに駆けこむと、エミリーは胎児のような格好でソファの上に丸くなり、痛みをこらえて固く目をつぶっていた。その姿とうめき声にディロンの心臓は止まりそうになった。

「エミリー！」彼は駆け寄ってエミリーの体を起こそうとしたが、彼女は首を振って待つようにと伝えた。

やがて痛みが静まったらしく、エミリーは青ざめた顔に汗を浮かべたままささやいた。「ご……ごめんなさい」

「陣痛が始まっていることを僕が出かける前になぜ言わなかったんだ？」

「あのときは……まだ。でも、二十分くらい前に破水して……急に激しい痛みが始まって」

「じゃ、僕が出かけてすぐに？」

エミリーはディロンの腕に手をかけた。「ディロン、破水したときにソファを汚してしまったの。ごめんなさい」

「そんなことを謝る必要がどこにある？　心配いらないよ」ディロンはエミリーをぎゅっと抱きしめたい気持ちを抑えて、ガラス細工を扱うようにそっと抱き上げた。

「でも、ソファが――」

「ソファなんかどうでもいい。いつでも新しいものが買えるよ」隠そうとしても、恐怖が胸を覆いはじめていた。エミリーが持っている妊娠に関する本をすべて読んだので、破水が起きたら時間の余裕がないとわかっていた。ディロンは戸口へ向かった。

「わたしのバッグを忘れないで」

取って返してベッドルームから小さな旅行鞄《かばん》を持ち出し、玄関のドアに鍵をかけた。

「母のせいだ」ディロンは降下するエレベーターの中で言った。「きみを動揺させてしまった。もしもきみかベビーに何かあったら――」

「ディロン、落ち着いて。予定日まで一週間なのよ。お義母さまがいらっしゃらなくても、ありえたことだわ」

とてもそうとは思えない。ディロンは険しい視線をエミリーに向けた。

ドアマンのジョージは、たぶん、エレベーターの表示に目を光らせていたのだろう。ディロンがエレベーターを降りるのと同時にエントランスのドアを開け、走っていってトラックの助手席側のドアも開けてくれた。

「ありがとう、ジョージ」ディロンは注意深くエミリーをシートに座らせ、運転席に乗りこむや発車させた。

タイヤをきしらせてカーブを曲がり、通りを疾走して、いつもは二十五分から三十分かかるところを十五分で病院にたどり着いた。ディロンがペントハウスへ着く前にかけておいた電話を受けて、スタッフが入口で待ちかまえていた。

ディロンは、エミリーが乗せられたストレッチャーについて走りながら彼女の手を握った。「がんばれ。がんばるんだ」

「心配いりませんよ。ドクター・コンのチームがすでに分娩室《ぶんべん》で待っていますから」スタッフが言った。

分娩室の両開きの扉のところまで来たとき、ナースがディロンの前に立ちはだかった。「ミスター・マグワイアはここでお待ちください」

「なんだって？　僕たちの子供が生まれるんだぞ。そこをどいてくれないか」

「それが、だめなんです。手洗い消毒をすませていない人を通すわけにはいきません」

ディロンはナースをにらみつけた。「どこで消毒するんだ？」

「時間がないんです」

「どこなんだ！」

ナースは驚いて目を見開きながら、洗浄室の場所を示した。

数分後、ラテックスの手袋とマスク、無菌の使い捨て白衣を身に着けて分娩室に入ったとき、ディロンは緊張して胸がつぶれそうになった。

分娩台の前のスツールに座ったドクター・コンが指示を出し、ナースたちがエミリーを励ましながらそれに従っていた。

エミリーは強い陣痛を感じているらしく、顔を真っ赤にして汗を浮かべ、体中の筋肉を緊張させて息んでいる。必死で悲鳴を抑えている。

ディロンは頭のほうへまわり、ナースを押しわけてエミリーの手を握った。「僕だよ、エミリー。よくがんばっているね。だいじょうぶ。すぐに終わるよ」そう言ってから同意を求めるようにドクターに視線を送った。ドクターはうなずいてくれた。

ディロンは生まれて初めて恐怖というものを感じていた。エミリーを失ったらどうしよう。そんなことになったら、自分も生きてはいけない。

陣痛が去り、エミリーはぐったりと頭を枕《まくら》に預けて荒く息をした。「ディ……ディロン？」

「ここにいるよ」ディロンはペーパータオルでエミリーの汗を拭《ぬぐ》った。赤褐色の巻き毛も汗でぬれている。だが、何分もしないうちに再び陣痛が始まった。

「ああ！　ああ！」エミリーはディロンの手を握り、痛みが強くなるたびに歯を食いしばって首を起こした。

「さあ、エミリー、息んで、息んで」ドクター・コンが穏やかな声で言う。「そうそう、その調子。いいよ」

エミリーはディロンの手を骨が折れるかと思うほど強くつかみ、顔を真っ赤にして力をこめている。ディロンは彼女の顔を見守った。「さあ、いいぞ。もう一回、がんばって」

食いしばった歯の間から悲鳴ともうめきともつかない声がもれ、彼女が肩と首を浮かせた。

「いいよ、いいよ。がんばれ。ああ……エミリー、女の子だよ！」ドクター・コンが手袋をした手で赤ん坊を取り上げた。

「肺も丈夫そうよ。たたいて泣かせる必要がないくらい」ナースの一人が言う。

その直後、赤ん坊の泣き声が部屋に響き渡った。エミリーは枕に頭を戻し、疲れきったようすではあるが、笑っているような泣いているような表情だ。ディロンはもう一度、顔の汗を拭《ふ》いてやり、畏怖《いふ》をこめたまなざしで彼女を見つめた。胸がいっぱいで、言葉も出てこない。

ドクター・コンが赤ん坊をエミリーの胸の上にのせた。「さあ、マグワイア夫妻、あなたがたのお嬢さんですよ」

「ああ、わたしの赤ちゃんね」エミリーは苦しかったことをすっかり忘れてささやいた。そして、うっとりと赤ん坊を見つめてから顔を上げて、意気揚々とディロンにほほえみかけた。「ねえ、ダーリン、この子、美人だわ」

ディロンの心臓がどきんと鳴った。ダーリンだって？　エミリーはわかっていて僕のことをそう呼んだのだろうか？　それとも、単に気持ちが高ぶって、つい口から出てしまったのか？

ごくりと喉を鳴らしてから、ディロンは我が娘に視線を向けた。真っ赤な顔をして、声を張り上げて泣きながら己の存在を訴えている。「そうだね。とても美人だ」ディロンはほほえんで言ってから、抑えきれなくなってエミリーの唇にキスをした。

エミリーは少し驚いた顔をした。だが、瞳には喜びと生命への畏怖と、そしてディロンの見間違いでなければ希望が宿っていた。

「きみもきれいだよ」ディロンはそうささやいた。

三日後、ディロンはエミリーと三千二百三十グラムになったメアリケイト・マグワイアを連れて帰宅した。すると、ガートとしばらく夜間も世話をしてくれることになったミセス・ターガートが大喜びで出迎えた。

ディロンは、ガートとミセス・ターガートがどちらが先にメアリケイトを抱くかでもめている間に、エミリーをせかしてベッドに横にならせた。必要なものはすべて揃《そろ》えたと思っていたのに、ディロンはその日のうちに二度も薬局に走らなければならなかった。

メアリケイトが泣いてばかりいるので具合が悪い

のではないかと思ったが、エミリーはただ笑うだけで、小児科医へ連絡しようとする彼を止めた。

小さな赤ん坊に四人の大人が振りまわされていた。メアリケイトは眠っていないかぎり、お乳をほしがっては泣き、おむつを替えてほしいといっては泣いて、抱いて歩いたり揺すって寝かしつけてほしいと要求しつづけた。

もちろん、ディロンは授乳のほかは喜んでさせてもらったが、一日目が終わったときの疲労は工事現場で八時間のシフトをこなしたより激しかった。

その日のうちに何人もの友人がプレゼントを持ってメアリケイトの顔を見に立ち寄った。シャーロットも夜になってから電話をかけてきたが、その声にはまだエミリーとディロンの結婚に対するわだかまりが聞き取れた。

十時ごろ、友人たちがすべて帰り、ミセス・ターガートもゲストルームに引き上げて、やっと静かになった。

ディロンは玄関の鍵《かぎ》をチェックし、明かりを消しながらベッドルームへ向かった。そして戸口まで来て、目の前の光景にはっとして足を止めた。

背中にクッションを当てがってベッドに体を起こしたエミリーが、メアリケイトを胸に抱いて小さな唇に乳首を含ませている。穏やかな笑み、慈愛に満ちたまなざし、柔らかな頬をなでる優しい指の動き……。まるで聖母《マドンナ》のようだ。

ディロンは胸がいっぱいになって、息もできなかった。

この光景は一生忘れない。無償の愛と喜びに顔を輝かせるエミリーは、まさに永遠の女性だ。

よかった。真実を告げることによって何が起き、未来がどうなるにせよ、彼女にこのひとときを与えられたことに悔いはない。

13

ディロンが動かないつもりなら、もうこれしかないわ。エミリーは心を決めた。わたしが誘惑するのよ。

こんなことをするのは初めてだった。一度だけ、自分のほうから積極的に愛し合おうとしてみたことがあったが、キースが快い顔をしなかったので、それ以来受け身に徹してきた。

エミリーはメアリケイトのおむつを替える手を止めて窓の外に視線を向けた。ディロンもキースと同じように思うかしら。

そのとき、メアリケイトが動き出した。エミリーは手早くおむつをつけ終わって胸に抱き上げた。ディロンがどう思おうとかまわないわ。もう耐えられないもの。

彼女はロッキングチェアに腰を下ろしてブラウスのボタンをはずし、乳房をメアリケイトの口元に押し当てた。そしてメアリケイトが力強く吸いはじめると、レースのカーテン越しに太陽の降りそそぐテラスを眺めながら、そっと椅子を揺らした。

メアリケイトが生まれてから二カ月。皮肉にも、この最も幸福なときが同時に最も耐え難いときでもあった。わたしはとうとう夢見ていたものをすべて手に入れたのだ。ただ一つ、愛する人との親密な関係のほかは。

メアリケイトが生まれるまでもとても幸せだったが、それだけにいつもディロンのことが気になった。彼は罠《わな》にはまったと思っていないだろうか、わたしのこの幸福は彼の犠牲と引き替えにもたらされたものではないだろうか、と。

ディロンがわたしと結婚したのは過剰な義務感と責任感のせいだった。キースの裏切りを見すごしたという罪の意識もあったかもしれない。一年前には自分が結婚することも父親になることも考えてさえいなかったはずの彼が、このようなライフスタイルの大きな変化を受け入れられるのだろうかと、心のどこかで疑っていた。

だが、メアリケイトが誕生して、それがまったくの杞憂《きゆう》だったとわかった。いまや、ディロンは水を得た魚のように生き生きと父親役を演じている。彼はメアリケイトがこの世に生まれてきた瞬間から彼女に魅了され、メアリケイトはその小さな指でしっかりとディロンをとらえてしまった。

メアリケイトといっしょにいるディロンのことを思い出すだけで笑みが浮かぶ。毎晩、ペントハウスに戻ってくると、すぐさまタオルを大きな肩に引っかけてメアリケイトを抱き上げる。このごろメアリケイトは身近な人たちがわかるようになってきたので、ディロンは彼女が自分を見て手や足を動かしたり声をあげたりするのがうれしくてたまらないらしい。

体の大きさがあまりに違うので、ディロンに抱かれているメアリケイトはまるで小さな人形のように見える。彼がおむつを替えるときは、日に焼けた大きなたくましい手の中で、メアリケイトはさらに小さく白く弱々しく見えた。

驚いたことに、ディロンは毎日進んでおむつを替え、沐浴《もくよく》をさせている。メアリケイトが少しずつ離乳食をとるようになってからは、夕食のときなど自分がシリアルを食べさせてやると言い張って聞かない。メアリケイトがむずかると抱いて部屋の中を歩きまわるし、エミリーが夜中に起きて授乳していたころには、彼も必ず起きてメアリケイトをベビーベッドから連れてきたりおむつを替えたりして、何くれとなく手伝ってくれた。

まるで実の娘であるかのような溺愛《できあい》ぶりだ。

もしも彼がわたしになんの関心も向けてくれていなかったら、嫉妬《しっと》を感じているところだ。

ディロンはわたしといっしょに過ごしたり会話をしたりすることに少しも飽きたようすを示さないし、メアリケイトが生まれてからは少しずつスキンシップを持ちはじめたように感じる。

彼はマッサージをしてくれるのだ。退院した夜に背中をなでてくれたことが始まりだったが、それに足が加わり、ふくらはぎが加わって、いつしか全身のマッサージになった。彼の力強い手で触れられるときのことを思うだけでぞくっとする。

そして、しだいにマッサージ以外のときにもさりげなく体に触れるようになってきた。メアリケイトが眠ってからテラスで夕日を眺めるときに肩に腕をまわしたり、並んで歩くときに背中やウエストに手を添えたり、通り過ぎるついでに腕や髪に触れたりするのだ。それに、挨拶《あいさつ》代わりのキスの回数も増えているように思う。

まるで、そういうことに慣れさせたいと考えているかのようだ。

そうだとすると、喜んでいいのか悲しんでいいのかわからない。そんな必要はないのだ。わたしはすでに彼に恋しているし、触れてもらいたいと……いいえ、愛を交わしたいと思っている。わたしはそのときを待っているのに、ディロンにはわからないのだろうか？

ディロンがわたしを求めていることは知っている。わたしに向けられる彼の表情にも、青い瞳に燃える炎にも、それを疑う余地はない。

ディロンが出産後の健康診断を機会にこの結婚を完璧《かんぺき》なものにしようと考えていると察したので、わたしは病院へ行く日を事前に伝え、その日の夜はドクター・コンから受け取った診断書を彼に見せた。ディロンはうなずいて、じっとわたしを見つめ返したが、それだけだった。

彼はわたしが先に動くのを待っているのかもしれないと思いはじめたのはそのときだった。そういえば、わたしがそのつもりになるまで本当の結婚にはしないとディロンは言っていた。

わたしは準備ができているわ。充分すぎるほどに。もしかしたら、ディロンには何か気がかりなことがあるのかもしれない。このところ、よく心配ごとを抱えているような深刻な表情をしているし、ときには何かを告白しようとするかのようにじっとわたしの顔を見ていることもある。

どういうことなのか見当もつかないけれど、もしも仕事のことなら、語り合うことで少しでも気持ちが楽になることがあるのに。

エミリーはいつのまにか眠ったメアリケイトに気づいてほほえんだ。眠りながら、薔薇《ばら》のつぼみのような唇をくちゅくちゅと動かしている。エミリーはブラウスのボタンをかけ、メアリケイトにげっぷをさせてからベビーベッド寝かせた。

そして、ぐずりかけた娘をそっとたたいて寝かしつけながら、再び窓の外に視線を向けた。ディロンとの距離をほんとうの意味でつめるつもりなら、何かしなくてはいけない。彼に心の内を告白させることも単刀直入にきくこともできないけれど、コミュニケーションの手段はそれだけではないわ。

エミリーは立ち上がり、ベッドルームへ行ってミセス・ターガートの家を含めた数箇所に電話をかけた。

ミセス・ターガートはこのごろは週に三日の勤務に戻っていたが、メアリケイトに夢中で、必要なときは喜んで世話をしに来てくれる。いままでにも何回か頼んだことがあったが、夕方からの時間帯に頼むのは今日が初めてだった。

電話をかけ終わると、エミリーはスラックスとシャツを脱いで支度に取りかかった。そして、一時間後にはぴったりした黒いドレスに身を包み、細いハイヒールのサンダルをはいて大きな鏡の前に立っていた。キースが亡くなる前に買い、今まで一度も袖《そで》を通す機会のなかったドレスだ。

彼女は横を向いたり後ろを向いたりしてチェックして、ウエストから腰へと両手を滑らせて満足そうに笑みを浮かべた。二カ月間、腹筋や階段の上り下りをして努力したかいがあって、プロポーションは元に戻っている。

メーキャップを念入りにし、赤褐色の髪は頭頂部で無造作な感じにまとめた。体の線もあらわなこのドレスなら、子供のいる二十九歳の女性としてはまずまずのところだろう。

そのとき、チャイムの音がした。エミリーは小さなクラッチバックを携えて玄関へ急いだ。

「ミセス・ターガート、急なお願いだったのに、聞き入れてくださってありがとう」

「お礼なんてけっこうですよ。お嬢ちゃまのお世話ならわたしがいつでも大歓迎のことをご存じじゃありませんか。それで、エンジェルはどこに？」

「眠っているわ。一時間ほど前にお乳をあげたし、三回分の母乳が冷凍庫に保存してあるから充分だと思うの。あまり遅くなるつもりはないわ。電話番号をメモしておいたから、何かあったらそこに連絡をしくださいね」エミリーはドアから出かけたが、振り向いて言い足した。「そうそう。メアリケイトは哺乳瓶《ほにゆうびん》が好きじゃないから、少しむずかるかもしれないけれど、結局、飲むので……」

「心配いりませんよ。わたしは子供を三人も育て上げているんです。さあ、ご主人さまと楽しい夜を過ごしていらっしゃい」

エミリーは真っ赤になってほほえみ、礼を言ってアパートメントをあとにした。

もしも計画したとおりにいけば、今夜は記念すべき夜になるはずだ。

ちょうどラッシュアワーだったため、建築現場へ着くのに三十分もかかり、着いたときにはほとんどの作業員はすでに帰っていて、何人かは駐車場へ向かって歩いており、ほかの者たちは道具を自分の車に積みこんでいた。

エミリーは車を停《と》め、日よけの裏のミラーをのぞいて顔にパウダーをはたくと、口紅を直して深呼吸をした。だが、車から降りようとしたとき、事務所のドアが開いて二人の人物が出てきた。それはディロンとパム・モリスだった。

エミリーは驚いて動きを止めた。パムはディロンの腕にすがりつくように寄り添って、楽しそうにしゃべっている。階段を下りきったところでさらに近づき、ディロンの胸に手を置いて向き合った。真っ赤なマニキュアをした指をディロンの唇に当てて蠱《こ》惑《わく》的な笑みを浮かべると、彼も笑みを返した。

エミリーはゆっくりと吐き気がこみ上げてくるのを感じた。

次に痛みがきた。全身がナイフで切り裂かれたように痛い。

続いて襲ってきたのは怒りだった。おかげで涙を流さずにすんだ。

エミリーは細心の注意を払ってアクセルを踏み、地獄を飛び立つこうもりのようにひそやかに車を出した。ディロンには気づかれたくなかった。彼はセクシーな弁護士にうっとりしている最中だから、車が一台くらい出ていってもなんとも思わないだろう。

体がふるえるほどの怒りがわき起こって、何かを考えようとしても少しも頭が働かない。

わたしはなんてばかなの。

エミリーは大通りの交通の流れに乗るために工事現場の出口で待つ車の列に加わりながら自分を呪《のろ》った。

ディロンが愛を交わすのを急がないのも当然だわ。彼はほかの女性とつき合っていたんだもの。

それなのに、わたしは彼が誠実な人だと信じていた。キースもディロンも、父親の不実な遺伝子をちゃんと引き継いでいるのね。メアリケイトが女の子で、ほんとうによかった。

それにしても、いままでまったく気づかなかったということに愕然《がくぜん》とさせられる。わたしの夫になる人は、どうして嘘《うそ》つきばかりなの？　キースのときもつらかったが、ディロンの裏切りはその百倍もつらい。

この数カ月の間に、キースに対する自分の気持ちは子供っぽいものだったと気づき、いまは大人の女性として全身全霊でディロンを愛している――いいえ、愛していた、だわ。

エミリーは歯を食いしばって涙を抑えた。泣くのはまだ早い。少なくとも、運転している間はだめよ。家に戻って一人になってからでないと。

家――あのペントハウスも、いずれわたしの家ではなくなる。

すぐに仕事を探さないといけないわ。それに、住む場所も。メアリケイトを世話してくれる人もだ。メアリケイトを人に預けて働くことなど、考えるだけでも耐えられないけれど、それ以外に方法はないだろう。

エミリーはハンドルに拳《こぶし》を打ちつけた。ひどいわ、ディロン・マグワイア！　みんなあなたのせいよ！

ディロンはメアリケイトと別れることになったら動揺するだろう。けれど、全部彼が悪いのだ。わたしが浮気者の夫を許すと思ったら大間違いよ。

アパートメントに着くと、ミセス・ターガートがびっくりした顔で出迎えた。「どうなさったんですか？」

エミリーはなんとか笑みを作った。「主人を驚かそうと思ったんだけれど、タイミングが悪かったみたいなの。誰かと……約束があったらしくて」

「まあ、残念でしたね」

それどころの問題ではない。

エミリーは遠慮するミセス・ターガートに一晩分の報酬を支払い、彼女が帰ってからレストランとホテルの予約を電話でキャンセルした。

それからベッドルームへ行ってドレスを脱ぎ、スカートとセーターに着替えてメーキャップを落としはじめた。

髪をとかしているとき、電話が鳴った。出るのをためらって見つめる間に留守番電話機能が作動して、ディロンの声が聞こえてきた。エミリーは受話器を取らなくてよかったと思った。

「僕だよ。少し用事があって帰りが遅くなる。何時になるかわからないので、先に夕食を食べていてくれないか。僕は適当にすませて帰る」

「そうでしょうとも」エミリーは電話機に冷たい視線を投げかけた。

「そうそう、僕の代わりにメアリケイトにキスをしておいてくれ。では、あとでね、スウィートハート」ぷーと音がして電話が切れた。

ディロンが帰宅したのは、九時になろうとするころだった。エミリーはメアリケイトの沐浴と食事をすませて寝かしつけ、ソファの上で膝を抱えて座っていた。ぼんやりしていたが、ドアの鍵《かぎ》が開く音を聞いてキッチンへ行った。

キッチンへ入ってから何かすることはないかと探し、とりあえず食器棚からグラスを出した。

「いないのかい?」

ディロンの声が聞こえたが、エミリーはそれを無視して冷蔵庫を開け、グラスにジュースを注いだ。ディロンがエミリーの名前を呼びながらホールを横切り、ベッドルームのほうへ行った。彼女はジュースを飲みながら待った。

「ああ、ここにいたのか」

エミリーは戸口に背を向けて立ったまま、もう一度、ジュースを口に含んだ。キッチンの床を踏む足音が近づいてきて、彼の手が肩に触れた。その瞬間に体の向きを変え、エミリーはジュースのパックを冷蔵庫にしまった。

「エミリー? どうしたんだ?」

「別に」エミリーはそう答えたが、振り向きはしなかった。

「まさか、僕の帰りが遅くなったから怒っているわけじゃないだろう?」

「違うわ」

「僕だってこんなことはしたくないんだよ。定時で帰りたいと思うんだが、ひとたび問題が起きるとそうもいかなくてね」

「だから、怒っていないと言っているでしょう」怒っていないわ。遅く帰ったということについては。

「それなら、なぜ話をしようとしないんだ?」

「話すことがないからよ」エミリーはジュースを飲み終えて、ディロンの視線を背中に感じながらグラスを洗った。

「夕食は食べたのかい?」

「いいえ」怒りのあまり、食欲もわかなかった。

「僕もまだなんだ。デリバリーを取ろうか? 中華料理はどう?」

エミリーは奥歯をかみしめた。食事もとらずに三時間も何をしていたのかしら。

「いらないわ」

「それなら、ピザにしようか?」

「いいえ。もしもかまわないなら、わたしはもうやすみたいの。疲れたわ」エミリーは戸口へ向かいかけた。が、ディロンが行く手をふさいだ。

「エミリー、僕に一人で食事させるつもりかい?」

「食事のお相手が必要なら、ミス・モリスに電話したらいかが? きっと、喜んで来てくれるわ」言ってしまってから、エミリーははっとした。いま、こんなことを言うつもりはなかった。充分頭を冷やしてから理性的に話し合おうと思っていたのに。

「なんだって? どうしてそういう話になるんだい?」

なんてそらぞらしいことを。ディロンの言葉がエミリーの怒りに油を注いだ。

「しらを切るつもり? わたしは今日、仕事場へ行ったのよ」

「ほんとうかい? いつ?」

「仕事が終わるころ」

「それは知らなかった。きっと、ヘルメットをかぶって現場に出ていたんだろう。ガートに言って呼び出してくれればよかったのに。さもなければ、待っていてくれれば」

エミリーは顔を上げた。「あなたは事務所にいたわ。でも、忙しそうだったから」

「きみを拒否するほど忙しいことなど——」ディロンは気づいた。「ああ、やっとわかった。パムを見たんだね」

「見ないわけにいかないわ。あんなふうにあなたの腕にぶら下がっていては」

ディロンは首を傾けてじっとエミリーを見ていたが、やがてうれしそうに目を細めた。「きみは嫉妬しているのかい?」

「違うわ」

「きみが僕の過去の女性関係についてからかうたび

に冗談を言っているのだと思っていたけれど、嫉妬していたんだね」

「聞こえなかったの？　わたしは嫉妬なんかしていないわ。怒っているだけよ。それに、あきれているわ！」

「そして、嫉妬している」

「嫉妬なんか……もうたくさんよ。そこをどいてちょうだい」

エミリーはディロンの脇《わき》を通ろうとしたが、彼は再び前に出て彼女の両手をつかんだ。

「放して」

ディロンはエミリーを食器棚に押しつけた。「聞くんだ、エミリー。もしも今日、僕がパムと過ごしてきたと思っているなら、それは間違いだ」

「わたしがその言葉を信じると思う？　ぬれたTシャツみたいにあなたにくっついていたパムをこの目で見たのよ。それに、何も関係ないなら、なぜ彼女はあなたのところへ来るの？　彼女はあなたが既婚者だと知っているのよ」

「そのとおり。パムは雄牛の前で赤い旗を振るのが好きなタイプなんだ。だが、興味はないとはっきり言い渡した。僕は妻を愛している、と」

「そうでしょうとも。もともと、あなたは――」エミリーは言いかけて目をまたたいた。「な、なんですって？」

「妻を愛していると言ったんだよ、エミリー」ディロンが低く響く声で繰り返す。彼の青い瞳には、見まごうことない誠実さと熱い思いがあった。

エミリーは体の中に喜びがあふれるのを感じた。何か言おうと思っても、喉がつまって声が出ない。そのうちに瞳が潤み、顎がふるえはじめた。「ああ、ディロン、わたしもあなたを愛しているわ」エミリーはようやくささやいた。

ディロンは目を閉じた。肩から力が抜け、唇から息がもれる。「神よ、感謝します」

そして彼はエミリーを引き寄せて唇を重ねた。いままでに何度となくキスをしていたが、それはどのキスとも違っていた。

解き放たれた二人の思いはたちまち熱を帯びた。ディロンはキスを続けたままエミリーを抱き上げ、彼女は足が床から離れたのにも気づかず彼の首に腕をまわした。

狂おしい何秒かが過ぎて、二人はようやく唇を離したが、ディロンはエミリーを抱き上げたまま、まだ信じられないというように彼女の顔を見つめていた。

「ああ、どんなにきみを愛していることか」

「ダーリン、その言葉がわたしをどれほど幸せな気持ちにさせてくれるか、あなたにはわからないでしょう」エミリーはディロンの頬を両手で挟んで、とろけるような笑みを浮かべた。「愛しているわ、わたしも」

エミリーは自分から顔を近づけて長いキスをし、彼の耳の下に顔を埋《うず》めてささやいた。「ベッドに連れていって」

ディロンの体に緊張が走った。「そうしたいけれど……エミリー、その前に、きみに話しておくべきことが――」

「いやよ」エミリーは顔を上げて彼の瞳を見つめ、首を振った。「話なんかしたくない。長い間、ずっと話ばかりしてきたわ」

「だが、エミリー――」

エミリーは彼の唇を指で押さえた。「お願いよ、ディロン。今夜は特別なの。わたしたちのほんとうの結婚式の夜と言ってもいいわ。それなのに、ほかの女性のことを話したり質問に答えたり、告白を聞いたりしたくないわ」彼女は舌の先を彼の唇の端につけた。「わたしはあなたといっしょにいたいだけ」

ディロンの唇にささやきかけ、顎の線に沿ってキスをする。「触れて……そして、触れられて」

「エミリー、聞いてくれないか。きみはわかっていない……ああ」

エミリーは舌の先を少しずつ上にたどらせると、耳にふうっと息を吹きかけた。ディロンは全身をふるわせた。

「あなたと愛し合いたいの。あなたを……」エミリーは彼の耳たぶをそっとかんだ。「体のうちで感じたいのよ」

エミリーの舌先を耳に感じた瞬間、ディロンの理性がはじけとんだ。彼はうめき声をあげてエミリーを抱え、まっすぐにベッドルームへ向かった。

ベッドに倒れこむと同時に唇を求め合った。指を絡め、手を離してはもつれ合って、また絡め合う。そして体を寄せ、激しく唇を重ねた。

同じ家に暮らして、身を焦がしながらも手も触れずに過ごした日々。その分だけ、思いは募っている。

「ああ、きみがほしい」ディロンが彼女の喉元に唇をはわせながら言う。

「わたしもよ」エミリーがささやき返した。彼女はディロンの黒髪を指に絡めて荒く息をつき、枕《まくら》の上でもどかしげに頭を左右に揺らした。「お願い。お願いよ、ディロン」

ディロンは彼女のスカートを両手でくるぶしまで引き下ろし、ほっそりした脚に熱い視線を注いでから黒いレースの下着を取り去った。そして、平らな下腹部にそっと手を置き、指を広げた。

エミリーが身を硬くした。「妊娠線があるわ」

ディロンはかすかに銀色に輝く線に沿って指をたどらせた。「そのせいで、なお美しい」

彼が指のあった場所に唇をつけたとき、エミリーは瞳を閉じて声をもらした。あまりの興奮と期待感に、そのまま気を失ってしまいそうだった。

ディロンはその声にせかされてエミリーの上半身を起こし、セーターを脱がせてスカートとともに床に捨て、授乳用のブラジャーのホックをはずした。肩ひもを下ろして脱がせようとしたとき、胸のふくらみの薔薇色の頂に白い滴がにじんだ。

ディロンははっとしてエミリーと視線を合わせた。彼女は唇をかんだ。胸が熱くなり、首から顔へと伝わっていく。「言っておかなくてはいけなかったわね。ちょっと待って……」エミリーはベッドサイドに置いてあるティッシュペーパーの箱を取ろうとした。だが、ディロンがその手を押さえた。

「その必要はない」彼は驚くエミリーの顔を見つめてから胸へと視線を下ろしていった。そして、ゆっくりと顔を近づけて片方の頂に舌をつけ、もういっぽうにも同じようにしてから、そのまま口に含んだ。

エミリーは彼の頭を両手で抱えると、首をのけぞらせて低いうめき声をあげた。

これほどの嵐《あらし》にのみこまれながらも、頭のどこかに働く部分が残っているのだろうか。エミリーは自分の反応に驚いていた。メアリケイトの小さな唇が胸に触れるときにはぬくもりと幸福感が体に満ちる。だが、ディロンの熱い唇に触れられると全身を喜びが駆けめぐった。そして、体の芯《しん》がぴくぴくする。

彼が体を引いたとき、エミリーは不満の声をもらした。

「急がないで、スウィートハート」ディロンはそう言って、彼女の全身に視線を走らせた。そして、靴を脱ぎ、靴下を脱いで、あとは取りつかれたように次次と服を脱いでいった。

エミリーは期待に胸をときめかせながら少しずつあらわになっていく彼の体を見つめていたが、最後に輝くような肉体を目にして息をのんだ。

彼はベッドに片膝をついてエミリーのサンダルを

脱がせ、レースの下着を床に落とした。肩の横に両手をついて彼女の顔を見下ろす。その青い瞳に情熱の炎が渦巻いている。

「急ぐまいと思っていたが、もう待ちきれない」

エミリーは彼の声ににじんだ荒々しい情熱に身をふるわせ、ほほえんで彼の肩に両手を置いた。「待ってもらいたくなんかないわ」そう言って肩を引き寄せ、体を添わせた。彼の欲望の高まりを感じた。「愛して、ディロン。いますぐに」

ディロンはそのささやきに背中を押されるように体を進めた。その瞬間、エミリーは息をつめ、ディロンはうめき声をあげた。ディロンは動きを止めて目を閉じ、感覚のすべてをこの時にささげた。

ややあって情熱が息を吹き返し、その瞬間から、すべてが熱く激しいリズムを刻みはじめた。

ディロンはエミリーを愛しつくした。その圧倒的な力が彼女を骨の髄までふるわせて、かぎりない喜びを与え、貪欲《どんよく》にさせた。

尽きせぬ情熱と飽くなき欲望、そしてその先に訪れる狂おしい時。ぎりぎりのところまで運ばれて、ついに世界が爆発した。二人はお互いをしっかりと腕に抱きながら声をあげ、白い閃光《せんこう》にのまれていった。

14

剃刀《かみそり》が鈍い音を響かせて顎の肌を滑る。ディロンは次の場所に剃刀の歯を当てかえながら鏡の中の自分をにらみつけた。「いいな？　今日こそ話すんだ」

彼の唇が皮肉な笑みにゆがんだ。一カ月の間、毎朝、繰り返してきた言葉だ。そして、そのたびに、彼女は授乳しているのだからストレスは禁物だとか、まだ早すぎるとか、理由を考え出しては実行するのを避けてきた。事実を告げる前に絆《きずな》を築き上げる間が必要だと思い、エミリーは知りたくないはずだと自分に思いこませようとさえした。

ディロンは顔の残りの部分を剃《そ》るために剃刀を水ですすいだ。どんな理由をつけようと、彼女を失うのが怖くて話したくなかっただけなのだ。

あれからは、もしもエミリーと結婚したらと思い描いていたことがそのまま実現した夢のような一カ月だった。朝、目覚めるとエミリーが隣にいるし、仕事から戻れば毎晩彼女と過ごせる。そして、二人で分け合う愛の時。

自分は世界で一番の幸せ者に違いない。ただ一つ、絶え間なく罪悪感に苦しめられていることを除けば。

エミリーに真実を告げられなければ、永遠にこの罪悪感にさいなまれつづけることになる。

ディロンは髭《ひげ》を剃り終え、残ったシェービングクリームを水で洗い流し、タオルで顔を拭《ふ》きながら再び鏡をにらんで口を一文字に引き結んだ。

そんなことには耐えられない。なんとしても、今夜、夕食のあとで話すのだ。

そのとき、エミリーが偶然バスルームに入ってきたので、ディロンは鏡に映った彼女にほほえみかけた。やっと目を開けていられるだけというほど眠そうな顔をしているのに、まばゆいばかりに美しい。

「おはよう、お寝坊さん」

「おはよう……」エミリーは背中から手をまわして彼の背骨の上にキスをし、そのまま頬をつけてため息をついた。

ディロンは体の向きを変え、洗面台に寄りかかって抱き寄せた。彼女がこんなふうに愛情を示してくれることがうれしくてたまらない。

「今夜、外で食事をしないかい?」外で食事とダンスを楽しみ、リラックスした気分で家に戻ったところですべてを告白しよう。

「すてきね。でも、今日はあまり早く出かけられないと思うの。メアリケイトを小児科へ連れていくのよ。四時半の予約だから、家に戻るのは六時半ごろになってしまうわ。それからシャワーを浴びて着替えるわけでしょう?」

ディロンは顔をくもらせた。「メアリケイトはどこか具合が悪いのかい?」

「いいえ。三カ月目の健康診断よ。初めての予防接種をすることになると思うわ」

「それは注射なのかな?」

「たぶん」

「それなら、僕も行こう」

エミリーは笑った。「その必要はないわ、ディロン。ごくふつうのことだもの」

「いや……それでも行こう。僕の娘が初めて注射を受けるんだから、いっしょにいてやりたい。四時までにきみたちを迎えに戻ってくるよ」

エミリーは我が娘と夫の姿に、ほほえまずにいられなかった。メアリケイトが体重を測ってもらい、診断を受け、予防接種を受けるまでの間、ディロンは心配そうに小さな顔をのぞきこんでばかりいた。

ドクターはメアリケイトの胸に聴診器を当て、鼻や耳をチェックし、口に舌圧子を差し入れて喉を診るたびに、いちいちディロンの険しい視線を受けた。そして、ついにナースが小さなお尻に注射して、メアリケイトが泣き声をあげたときには、エミリーはディロンの腕をしっかりとつかんでいなければならなかった。

彼はずっとナースをにらみつけていたが、再びおむつが当てられるや、奪い取るようにしてメアリケイトを胸に抱えた。そして、泣いているメアリケイトをなだめようと、小さな処置室の中を歩きまわりはじめた。ドクターに険悪な視線を向けては優しく揺すり、メアリケイトに何かをささやきかけている。

ドクター・シンプソンはディロンを無視してエミリーに所見を述べた。「お嬢さんの発育は順調ですよ」彼はそう言ってからもう一度カルテに目を通した。「体重も標準的だし、問題はありません。それに、たいへん健康です」

「まあ、よかった」

エミリーがこれで終わりだと思って大きなバッグを手に取りかけたとき、ドクターが言った。「この前、お嬢さんのカルテを見ていて気づいたんですが、精子提供者の記録がないんですよ。どうして抜け落ちてしまったのか、わからなくて。人工授精によって生まれた場合は、精子提供者についてきちんと記録することが法で義務づけられているのに。小児科では、患者さんの記録はきちんと取っておくようにしているんですよ。万が一、将来、遺伝的な問題でも生じたときに備えて」ドクター・シンプソンはほほえんだ。当然、答えが返ってくるものと思っている表情だ。「もちろん、あなたはドナーが誰か、ご存じですよね？」

エミリーは驚いて医者を見た。「どういうことですか？　もちろん、知っているわ。亡くなった夫のキースですもの」

ドクター・シンプソンは眉根を寄せた。「それは間違いではないですか？　キースはドナーにはなれない。無精子症でしたからね。だからこそ、他人の精子の提供を受けて人工授精することが必要だったわけですから」

ディロンはびくりとして動きを止め、エミリーを見た。

「そんなばかな。キースが無精子症だったなんて、ありえないわ。長い間子供ができなかったのは、キースではなくわたしのほうに問題があったからなんですもの。彼が精密検査をしてくれて、わたしの卵管が狭くなっているから、人工授精したほうがいいと」

「ふうむ」ドクター・シンプソンは作りつけのデスクに向かい、コンピューターのキーをたたいてじっと画面を見つめた。

その姿を見ているうちに、エミリーは不吉な思いにとらわれた。まるで冷たい手で締め上げられるように胸が苦しくなってきた。

こんなことは何かの間違いだわ。そうに決まっている。

「それは違うようですよ。データを見るかぎり、あなたについては何も問題はない」ドクター・シンプソンは画面をスクロールさせた。「処置理由も、夫の無精子症になっています」

「でも……そんなはずは。メアリケイトはキースの子供です。ぜったいに他人の子供ではないわ」

ディロンが口を挟んだ。「ドクター、このことはまたほかのときに話せないだろうか？」

「いやよ」エミリーは首を横に振った。「いま、はっきりさせたいわ。そんなばかなことはありえないもの。誰かが入力を間違えたのよ。だって、メアリケイトを見て」エミリーはディロンの腕の中でまだむずかっている娘を示した。「この子はキースにそっくり……」エミリーはそこまで言って、はっとした。ディロンとメアリケイト。二人の顔は瓜二《うりふた》つと言えるほど似ている。もしかしたら……。「嘘《うそ》よ。まさか、そんなことが……」

ディロンの瞳が、その疑いが事実であると告げている。エミリーは心臓をわしづかみにされたような心地だった。

「そうだ。メアリケイトの父親は僕だ。キースから精子を提供してほしいと頼まれたんだ。子供にマグワイアの遺伝子を引き継がせたいからと言って」ディロンは無表情な声で言った。

エミリーは崩れるように椅子に座った。あまりのことにめまいがしそうだった。

ドクター・シンプソンは、ディロンの苦痛に満ちた顔とエミリーのショックを受けた顔を見比べた。

「それが事実なら、似ていることの説明はつきますね」そう言って咳払《せきばら》いをした。「家に帰って話し合ってください。あとはお二人におまかせしますから」

ドクターが部屋を出ていき、エミリーとディロンは気まずい静寂とともに取り残された。緊張をはらんだ空気がぴりぴりしている。

「エミリー、ドクターの言うとおりだ。話し合わなければいけない」

「いやよ！」エミリーは彼と目を合わせまいとするように激しく首を振った。「いまはいや。ここで話すのもいやよ」メアリケイトが好きなおもちゃとジュースのボトルをバッグにほうりこんで肩にかけ、部屋を出た。

二人は黙ったままペントハウスまで帰った。エミリーは腕を組んで助手席に座り、ドアに寄りかかって窓の外ばかり見ていた。いまにも体がばらばらになりそうな気分だった。ディロンがときどきこちらのようすをうかがっていることはわかっていたが、視線を向けることも話すこともできなかった。

彼は嘘をついていたんだわ。わたしを裏切っていたのよ。

ディロンが建物の駐車場に車を停《と》めるやいなや外に出て、ディロンに手を出される前にベビーシートからメアリケイトを抱き上げてエレベーターのほうへ向かった。

エレベーターは沈黙したままの二人と車の中で眠ったメアリケイトを緊張した空気とともに運んだ。アパートメントに入ると、エミリーはそのままメアリケイトを子供部屋へ連れていき、ベッドに寝かせた。ディロンがついてきて、大きなバッグをおむつ替え用の台のそばに置く。エミリーは彼が自分を見ていることを知りながら、無視してホールを横切り、ベッドルームへ行った。

「エミリー、説明させてくれ――」

「いやよ!」エミリーは大きな声で言って体の向きを変えた。世界が崩壊したも同然だというのに、話をしようですって? いまわたしがしたいのは、この恐ろしい動揺が静まるまで、泣き叫んだり拳《こぶし》を打ちつけたりすることだけだ。「弁解なんか聞きたくないわ! 何を言ったって正当化できるわけがないんだから。それに、もう嘘はたくさんよ!」

「嘘はついていない」ディロンは言い、エミリーの険しい視線を受けてたじろいだ。「わかったよ。口をつぐんでいたことは確かだ。信じてくれ。僕はすべてを話そうと思っていたんだよ」

「いつ? メアリケイトが大学を卒業したあとで?」

「今夜だ。ディナーのあとで話すつもりだった」

「やめてちょうだい。わたしをばかにしているの? これまで一年も話すチャンスがあったはずでしょう。それに、話してもなんの問題も起きなかったはずだわ。わたしにはキースが無精子症だということを知らされる権利があったのよ。子供をほしがる女性が匿名のドナーが提供する精子を望むことはあるけれど、みずからの意思で望むなら何も問題はないと思うわ。でも、夫以外の男性の子供を産むかどうかを決めるのは、母親になる女性だわ。つまり、わたしのことよ」エミリーは自分の胸を親指で指した。「わたしなの！　キースではない。そして、もちろん、あなたでもないわ！」

ディロンはつらそうな顔をして降参のしるしに両手を上げた。「きみの言うとおりだ。ほんとうに、そのとおりだよ。僕もそのことをキースに言おうとしたんだが、彼は聞く耳を持たなかった」

「でも、あなたはキースの計画に協力したんでしょう？」

「それ以外に道がないと思ったからだ。もしも僕が同意しなかったら、キースは見知らぬ他人の精子を使っていただろう」

エミリーは頬を打たれたようにはっとして、おびえた表情でディロンを見た。血の気が引いていくのがはっきりわかった。

「信じないわ。いくらキースだって、わたしに黙ってそんなことをしたはずがないわ」いいえ、したかもしれない。キースは自分がしたいと思ったら、何よりもそれを優先させただろう。正しいか間違っているか考えることもせず、それどころか、気にすることさえせずに。

「たぶん、しなかっただろう。だが、絶対にしないという確信も持てなかった。それで僕は、まったくの他人の子供より僕の子供であるほうがましだと、きみもそう思うと考えたんだ」

「わたしに選択させるべきだったんじゃない？」エミリーはぴしゃりと言った。「それに、自分がしたことをごまかそうとするのはやめて。わたしのためを思っての行動だったと言うけれど、それはどうかしら? キースが亡くなってから一年も時間があったのよ。わたしに話してくれてもよかったはずだわ。わたしに嘘をついて、わたしのことを気にかけていると信じこませる代わりに」

「僕はほんとうにきみのことを気にかけている。愛しているんだよ、エミリー」ディロンは瞳に真剣な表情を浮かべ、一歩踏み出して手を差しのべた。だが、エミリーは退いた。

「やめて!」彼女は叫んだ。ディロンに触れることを許したら、どうなってしまうかわからない。わたしも彼を愛しているのだ。それに、ディロンがこの苦しみを取り去ってくれたらどんなにいいかと思っている。ディロンの胸に飛びこんで、愛しているという彼の言葉を信じるふりをするのはやさしい。でも、真実は違うのだから、きちんと立ち向かわなければならない。「よくもそんなことが言えるものね。あなたの神経を疑うわ。あなたがわたしと結婚したのは、自分の子供の養育権を手に入れたかったからだけなんでしょう」

「エミリー!」ディロンは驚いて彼女を見た。「違う! それは事実ではない」

ディロンがさらに腕を伸ばすと、エミリーは後ろに下がった。だが、壁に背中がついたので、動揺して彼の手を払った。

「さわらないで!」そう言い、ディロンの腕の下をくぐって部屋を出た。

「エミリー、待つんだ!」

ディロンが追いかけてきたが、エミリーは子供部屋に入って彼の鼻先でドアを閉めた。ディロンはノブに手をかけた。だが、すでにロックされていた。

「エミリー、お願いだ。開けてくれ。きみが話を聞いてくれないと、この問題は解決しない」

「いやよ! 向こうへ行って!」

ディロンは口の中で毒づいた。どうしたらいいのかわからない。その気になればドアを蹴破《けやぶ》るくらい簡単なのだが、エミリーをおびえさせることはしたくなかった。中にはメアリケイトもいるのだ。ドア越しに話をしてもいい結果が生まれるわけがない。

ディロンは歯をかみしめて、迷った。たぶん、彼女の気持ちが落ち着くのを待つべきなのだろう。いまのエミリーは動揺していて、ものごとをきちんと考えられなくなっている。しばらく一人にしておこう。彼女が感情をコントロールできるようになったら、また話し合うことができる。

そのとき、子供部屋から押し殺したような声が聞こえた。しばらくして、また聞こえた。ディロンは眉根を寄せた。どうしたというんだ？　そう思ううちに声が嗚咽《おえつ》に変わり、完全な泣き声になった。

ディロンは目を閉じてドアに額をつけた。「エミリー、なんということだ」

ディロンが予測したとおり——あるいは、望んだとおりというべきかもしれないが、エミリーはその夜のうちに少し冷静さを取り戻して眠ったようだった。だが、子供部屋から出てはこなかった。翌朝になってもまだドアがロックされたままだったので、泣き疲れてソファで眠っているのだろうと思った。そして、もう少し時間を与えようと考え、〝愛している。早めに帰宅するから話し合おう〟と書いたメモを残して仕事に出かけた。

だが、その日の夕方、アパートメントに戻ったディロンを迎えたのは静寂だった。

「エミリー？」リビングルームの真ん中に立って呼んだが返事がない。不吉な予感を覚えて廊下へ向かった。「エミリー、どこなんだ？」

ベッドルームにも部屋についているバスルームにもエミリーはいなかった。メモが残されていないかと思って探したが、なかった。胸騒ぎを覚えてクローゼットの前まで行き、扉を開けてエミリーの側が空になっていることを知ったとたん愕然《がくぜん》とした。

しばらく、いくつものハンガーを見つめてから廊下を戻った。メアリケイトのものを入れてある大きなバッグが見当たらないし、いつもベビーベッドの端にかけられているベビー・キルトもない。彼はベビーだんすの引き出しを順番に開けたが、すべて空だった。

間違いない。エミリーはメアリケイトを連れて出ていったのだ。

ディロンは週末の間中、エミリーから電話がかかってこないかと思って電話の前に座って過ごし、月曜日になったときにはほとんど具合が悪くなっていた。

それから四日間は仕事も休んだ。本社にもいくつもある工事現場にも顔を出さず、電話もかけず、ひたすらエミリーを捜した。車に乗って、エミリーの車が道路に停まっていないか、ホテルや建物の駐車場にないかと見てまわった。心当たりのある場所をすべて捜し、アデルのタウンハウスの前にも行ってみたが、ここに来ることだけはないと考え直した。

ヒューストンは百万の人口を抱える大都会だ。その中から一人を捜し出すのは干し草の山に落ちた針を捜すようなものだった。だが、それでもなんとかしなければならない。

アパートメントに戻るとすぐに留守番電話を確認したが、エミリーからのメッセージは入っていなかった。

六日間、ほとんど食べることも眠ることもできなかった。眠れないまま、夜半に部屋の中を歩きまわったり、空のベビーベッドのそばに立ちつくしたりして過ごした。

だが、金曜日にはとうとう万策が尽きた。探偵を雇うことも考えたが、自分がこれだけ捜して見つからないのに他人に見つけられるはずがないと思ってやめた。

目の下に隈《くま》を作ったまま現場事務所へ行ったが、ガートは顔を上げてちらりと見ただけで、仕事に来なかった理由も尋ねなかった。考えてみれば、それですむはずがなかったのだ。だが、ディロンはあまりに疲れていたため、そのことに気づいたのは、何時間もたってからだった。

いつものガートなら、ディロンが事務所に足を踏み入れたところで何かあったと察し、問いつめてすべてをきき出していたはずだ。そういえば、彼女はこの四日の間に一度も電話をかけてこなかった。

ディロンはデスクに広げた設計図をそのままにして事務所の戸口まで行き、ガートのようすをうかがった。彼女は机から顔を上げ、さりげない笑みを返した。奇妙だ。ディロンは疑わしげに目を細めて考えこんだ。何かある。

そうして、ディロンは思いいたった。エミリーはキースの死によって過去の知り合いたちとの関係を断ち切られている。病院関係者もキースの友人たちも、葬儀のあとは電話もかけてこなかった。ということは、現在のエミリーの友人はガートだけということになる。

なぜ、いままで考えてみなかったのだろう。ガートはエミリーを気に入っている。いくら僕の有能な右腕であり、母親代わりであるといっても、エミリーに頼まれれば、彼女とメアリケイトを内緒でかくまうくらいのことはするだろう。だが、この疑いが当たっているとしても、このガートと真っ向から向かい合うのは時間の無駄というものだ。

その夜、ディロンは車でガートの家へ向かった。

ドアを開けたガートは不機嫌な顔で言った。「やっとわかったみたいね」

ディロンはすぐにエミリーを見つけた。彼女はソファの隅に膝を抱えるようにして丸くなり、落ち着かないようすで雑誌のページをめくっていた。足元に置かれたキャンバス地のベビーシートの上でメアリケイトが手や足をしきりに動かしている。

その光景を目にすると、ディロンはなかなか声を出せなかった。

「やあ、エミリー」

エミリーはびくりとし、瞳に動揺の色を浮かべた。そして急いでメアリケイトを抱き上げ、守るようにしっかり胸に抱いた。メアリケイトはディロンに気づき、足をばたばたさせはじめた。

「どうしてここがわかったの?」エミリーはちらりとガートを見た。

「ガートは何も言っていないよ。勘に任せて来てみたんだ」


「わたしは席をはずすわ。二人で話し合ったほうがいいと思うから」

「行かないで、ガート」エミリーはおびえた表情で頼んだが、ガートはキッチンへ入っていった。

エミリーはメアリケイトをさらに強く抱きしめてディロンをにらみつけた。

「メアリケイトは渡さないわ。あなたがどんなにお金持だろうと、どんな有力者と知り合いだろうと闘うわ。メアリケイトはわたしのものよ!」

「エミリー、きみはほんとうに僕がメアリケイトを取り上げに来たと思っているのかい?」エミリーがそんなことを考えていると思うこと自体がつらかった。「そんなことはしない。この僕に、きみを傷つけるようなことができると思うのか? 僕はもちろんメアリケイトを愛している。だが、きみのことも愛しているんだ――初めて会ったときからずっと」

彼はついに静かな声で告白した。

　エミリーは一瞬目を見開いたが、すぐに警戒するように細めた。「そんな言葉は信じないわ。わたしを連れ戻して、もう一度メアリケイトを自分のものにするために言っているだけよ」

「違う。事実なんだよ。僕がなぜきみの子供の精子提供者になることに同意したと思う？」

「キースのためにしたんでしょう？」

「きみのためだ。きみを愛していたからだ」

　エミリーはつんと顔を上げた。「そうだったとしても、それでわたしがあなたを信じると思ったら大間違いよ。信じたいと思っても、いったいどうやって信じればいいというの？」

「何を言ってるの？　もう聞いていられないわ」そう言いながらガートが現れた。立ち聞きしていたのは明白だが、悪びれたようすはない。

「黙っていてくれないか、ガート。これはエミリーと僕の問題なんだ」ディロンが言った。

「心配しなくていいわ、ディロン。わたしはあなたの味方よ」ガートは両手を拳《こぶし》にして腰に当て、エミリーのほうに向き直った。「よく聞きなさい、エミリー。ディロンが言っているのはほんとうのことよ。わたしは何年も前から彼があなたの写真をデスクの引き出しに入れていることを知っているの。あなたとキースの写真ではなく、あなただけの写真よ。ディロンは、近くに誰もいないと思うといつもそれを出して眺めていたわ」

「ガート！　どういうことだ？　僕のデスクの引き出しの中をこっそりのぞいていたのか？」

「落ち着きなさい。あなたは一年に何度なくしものをして、わたしに捜すのを頼んでいるかわかっているの？　もちろん、引き出しだって開けるわよ。何千回も開けたわ」

　ディロンはうめき声をもらし、片手で髪をかき上げた。

エミリーはショックを受けて彼を見つめた。「わたしの写真を持っていたの?」

ガートが憤然として答える。「いま、そう言ったでしょう? 信じないなら、自分の目で見てみるといいわ。左側の一番下の引き出しにある勘定帳のページの間に隠してあるから」

「それを、偶然見つけたと言うのかい? そんなばかな」

ガートはディロンを無視して続けた。「ずっと、恋人の写真だと思っていたのよ。何かのせいで別れなくちゃならなくなった恋人なんだと。まさか、それがキースの結婚相手だとは思ってもいなかったわ。でも、初めて事務所に来たあなたを見て、すべて納得がいったわ。その写真を目にするようになったのは七年前からだったもの。だから、ディロンがメアリケイトのためにあなたと結婚したなどと考えるのはやめることね、エミリー。ディロンはあなたを愛しているのよ。あなたを求めているの。ずっとそうだったわ。一途にあなたのことを思っていた。疑いようもないわ」ガートはため息をついた。「確かに、ディロンがしたことはいいことじゃないわ。でも、苦しい状態に追いこまれていたのよ。もしも自分が同意しなければ、キースは本気で赤の他人のドナーを見つけたはずよ。あなただって、そう思うでしょう? もちろん、選択権があなたにあったということには誰も異議を唱えられないし、あなたは騙《だま》されたことに対して怒ってもいいわ。でも、もう一度考えてみてほしいの。ディロンがキースの言葉に従わなかったら、メアリケイトはいなかったのよ」

エミリーは顔から血の気が引いていくのを感じながら、思わずメアリケイトを抱きしめた。そんなふうに考えてみたことはなかった。

ガートはエミリーの反応を見て、たたみかけるように続けた。「ディロンはあなたを混乱させてしまったけれど、心はいつもまっすぐあなたに向けていたわ。あなたもほんとうにディロンを愛しているなら、許してあげたほうがいいわよ。さもないと、すべてを失うことになるわ」

エミリーの胸はどきどきしていた。わたしは、愛しているというディロンの言葉を信じることができるかしら。信じたい。でも、一度間違いを犯している自分の判断力を信用できない。

だが、ガートは友人の中で最も正直な人だ。いくらディロンのためであろうと、ガートが嘘をつくはずがない。ディロンがわたしを愛してるとガートが言えば、それは事実ということなのだ。

エミリーはディロンを見た。もしも時間をさかのぼってものごとを変えられるという力を持っていたら、わたしは何を変えたいと思うだろう？　ディロンに恋をせず、彼と結婚しない人生。そして、メアリケイトがいない毎日……。

答えはすぐに出た。そんなことは考えられない。何一つ変えたくないわ。

その瞬間に、胸の上にのっていた鉄の重りが消え去ったような気がした。

すべては理由があって起きたことなのだ。エミリーはほほえんだ。真実の愛へ至る道は決して平坦《へいたん》ではないと言われている。もしもそれがほんとうなら、ディロンとわたしは真実の恋人同士に違いない。二人は、こんなにも長く曲がりくねった、しかも障害ばかりの険しい道を歩んできたんだもの。

幸福な思いがシャンパンの小さな泡のように次々とはじけ、エミリーは自分が空気より軽くなったような気がした。

「愛しているよ、エミリー。これからも永遠に僕はきみを愛していく」ディロンはそう言って、エミリーの反応を待った。だが、彼女がじっと立っているだけなので、とうとう耐えられなくなってうめいた。

「エミリー、お願いだから、何か言ってくれないか。なんでもいいから」

エミリーの唇がゆっくりとカーブを描いた。「わたしも愛しているわ、ダーリン」彼女は穏やかにほほえみながらメアリケイトを抱き直し、夫の腕の中に向かって歩き出した。

ジーナ・グレイ　ヒューストンに生まれ、子供のころから読書家で人並みはずれた夢想家だったと自分でも認めている。長年にわたってものをつくりだすことに親しみ、絵画や刺繍を楽しんだのち、ついに自分の夢や奔放な想像を文章に書き記そうと決心した。その結果、現在では一日八時間を執筆にあてるフルタイムの作家となっている。

眠れぬ夜を重ねて
2003年7月5日発行

著　　者　ジーナ・グレイ
訳　　者　茅　みちる（かや　みちる）

発 行 人　浅井伸宏
発 行 所　株式会社ハーレクイン
東京都千代田区内神田1-14-6
電話 03-3292-8091（営業）
03-3292-8457（読者サービス係）

印刷・製本　凸版印刷株式会社
東京都板橋区志村1-11-1

編集協力　有限会社クリップ

ISBN4-596-60970-5 C0297